妈妈，这就是我的世界

老 刘 著

中国社会出版社
国家一级出版社·全国百佳图书出版单位

图书在版编目（CIP）数据

妈妈，这就是我的世界/老刘著．—北京：中国社会出版社，2015.12

ISBN 978-7-5087-5240-2

Ⅰ．①妈…　Ⅱ．①老…　Ⅲ．①随笔—作品集—中国—当代　Ⅳ．①I267.1

中国版本图书馆 CIP 数据核字（2015）第 319904 号

书　　名：妈妈，这就是我的世界
著　　者：老　刘

出 版 人：浦善新
终 审 人：李　浩
责任编辑：陈　琛　　**责任校对：**高建春

出版发行：中国社会出版社　邮政编码：100032
通联方法：北京市西城区二龙路甲 33 号
电　　话：编辑室：（010）58124854
传　真：（010）58124856
销售部：（010）58124845
网　　址：www.shcbs.com.cn
shcbs.mca.gov.cn
经　　销：各地新华书店

中国社会出版社天猫旗舰店

印刷装订：中国电影出版社印刷厂
开　　本：170mm×240mm　1/16
印　　张：17.5
字　　数：260 千字
版　　次：2016 年 1 月第 1 版
印　　次：2016 年 1 月第 1 次印刷
定　　价：30.00 元

中国社会出版社微信公众号

写在前面的话

我和妈妈的生活理念一直有很大的分歧，一度水火不容。起码，大部分时间水火不容。实际上，妈妈到现在也不知道我受过什么教育，做着什么工作。当然我的教育与工作对她不重要，重要的是结果——我没有邻居家孩子带回家的钱多。怎么搞的，读书的时候不是比他们成绩好来着？妈妈只管自己生气，又无法控制我，只好不停地以唠叨的方式折磨（关心）我。她固执地认为我的能力天下第一——天下妈妈的共同特征——现实却是家庭、事业、金钱一样也不成功。“有能力可以做得很好的人。为什么一点儿也不努力？”她不能理解，也不能接受。解释也没有用，我也明白，以她的角度一定无法接受我的生活选择。为了躲避她的唠叨，我一直都在离家很远的地方工作生活。放假也不回家，宁愿出去旅游。即使这样，还是要在电话上吵架。无数次地打电话，吵架，挂电话之后，我精神上疲惫不堪。父母不是情人或者朋友，再糟糕的关系也要继续，没有选择的余地。妈妈的感受大概也相同吧，从这点来讲，我也同情她。后来想了一个办法——写博客。我把博客链接给她，让她看，与她分享我的生活。这个方法有效的程度超出我的预期。开始写的材料极为有限，有点儿小心翼翼，大概也就是我四分之一的生活，后来越写题材越开放，大概拿出三分之一的生活与妈妈分享。

就这样坚持了几年，妈妈开始了解我的喜怒哀乐。理解了，也就不唠叨了。我自己也惊异她的接受能力，我那些光怪陆离的生活片段并没有吓到她，反而拓宽了她的视野。她的视野宽了，也不再那么计较，不再把我的人生观当作离经叛道。或者也是无可奈何下的接受？我最近这次出国定居的决定非常突然，她也没阻拦，还说支持我。这可是从来没有过的事情。受我生活态度的影响，她也学会追求自己的生活，并不像别的老人一样带孙子，跳广场舞——我也没有孙子给她。六十几岁的人还在工作，又喜欢打扮。妈妈比我爱打扮，比我懂高科技。看着她过日子过得有兴头，我也开心，也放心。

其实，我就是妈妈写的一本书。我的一切都是妈妈给的。

至于其他的老人，我的生活方式不是最典型，但是也有代表性。也可以让他们了解各地的文化差异。不同世界的老人们有不同的生活方式和价值取向。算不得猎奇，就算是了解吧，“原来作为老人也可以这样活?”只要能引起一点点儿思考，也算是我对天下父母的功德。

天下的父母都有我一样的让人又爱又烦恼的子女，天下的父母都是我的父母。

目　录

Contents

老妈的蜕变

说起来，老妈是近年读着我的博客，陪着我一起体验生活，才变成这样豁达活泼的，之前她也是一样的头脑顽固。我的家和任何普通家庭一样，不论大事小情，都能折腾得鸡飞狗跳，没有安宁。一个人在社会上摸爬滚打，已经看了很多脸色，回到家还要面对来自父母的压力。内外夹击着，日子要一天一天挨着过。

其实父母和我们生长环境不同，接受的教育和成长境遇也不一样，他们的人生观与我们不一致完全正常。中国父母为子女付出太多，为了养育子女没有底线地自我牺牲，在“一切为了孩子”的这面大旗下，养大了孩子，丢掉了自我。这样的牺牲前提下，父母也只好把日常关注、个人理想、人生价值都体现在下一代身上。如果子女不理解，或者不配合，父母绝对是此情无处可寄托。而子女在这样寸步不离的看护下也无法独立思考，更不能把不符合社会标准的个人目标放在台面上。目前社会有些人的社会标准、价值取向倒是比较统一，大概就一个指向—— 钱，能赚到钱才是本事，赚不到钱都是不走正路。几百年的笑贫不笑娼延续下来不算，还越来越一本正经。好像出卖自己的灵魂是人生通向光明大道的必经之路。算了，不吐槽也罢，显得我没有正能量似的。

我的亲戚朋友，从 18 岁到 40 岁，都或多或少地和父母有矛盾。责怪父母，却没有意识到自己可以和父母沟通。他们觉得我天真，年轻人的坎坷艰辛与光荣理想，老人怎么会懂？其实，大家都忘了，父母不是圣人，和我们一样有缺点，也会犯错误，不是什么事情都要依赖父母才能有结果。年轻一辈可以站出来，有担当，主动搭建一个沟通的平台。大家不知道我们的父母有多迫切地想进入我们的生活，了解我们的世界。而晚辈，通常都把长辈拒在生活之外，对父母所做的就是消极抵抗，阳奉阴违，极少有子女平等地对待父母，把他们看作是独立的、有思想的个体。

我们的父母也年轻过，他们也曾有一颗年轻的心，不要把他们想成只会为儿女烧菜理家带儿孙的无用老人家。

我只想分享一种全新的沟通方式和思维模式。何必每日吵得人仰马翻？伤来伤去都是亲人，你所需要做的仅仅是主动去沟通。这是一个长期的战斗过程。父母的看法很难改变，只能潜移默化去影响。好像我们自己成长过程父母对我们的影响，心急吃不了热豆腐。慢慢来，如果你自己不肯说，就让我替你说。我脸皮厚，愿意和长辈们分享我的生活，让他们了解晚辈的挣扎和理想。

不过是放弃一些看综艺节目的时间，也许还会白上几根头发。头发总会白的。

写给妈妈的第一篇博客

今天下午妈妈又挂断我的电话，说，不回家，就别说了。也不能怪她生气，当初是我一言不合，摔门而出。一走，走得那么远，然后嫌不彻底似的，又走得更远些。

从小我都是“好”孩子。成绩好，老师喜欢，同学欢迎。爸妈是丁点儿也不操心，成绩表上从来不签字，家长会从来不参加。反正我一直表现好，老师不会告状，夸奖的话父母也不要听。偶尔，同学的家长过来传话，老师又怎样地表扬我，我又得了什么奖项。妈妈听了，还要对人家纳闷地问一句，“小孩子上学不都这样?”爸爸通常什么也不说，一脸傻笑，和我现在脸上的笑容一模一样。

小时候，我是其他家长口里的最懂事、最值得学习的“别人家的孩子”。记忆里，没人给我立过规矩，也没有教过我为人处世的道理。家里的规矩都是我定出来用于约束爸爸——防止他出门闯祸的。别人的爸爸是家里的大山，我的爸爸是淘气了一辈子的男孩。我就像荒草一样，在野地里疯长。小学到高中，都是孩子王。结交各种朋友，却以最严格的原则要求自己的言行。当然，这些方面爸妈也都没有注意到。十几岁的时候在外留宿也不会追问一句去谁家，和谁一起。只是一味地相信我。当然我那时确实比任何同年龄的孩子都守规矩。

记得读中学的时候，一群所谓的“好学生”在一起，每人一支烟僻静处点着抽。男女都有，女的更要表现得大方些。我也分到一支，但送了回去。被嘲笑胆小，我不解释，只是摇头。

高三的时候忽然转了性，觉得做好学生太累，起了混日子的念头。学习成绩直线下降，勉强考过本科线，守着家读了间普通院校。知道了高考结果，爸妈的脸笑成两朵花，结结实实地请了一次客。原来他们并不担心我考不上大学，却一直担心我趁着读大学远走高飞。大学里又是一路顺风顺水，各种荣耀和头衔没有断过，未来闪光地向自己招手。临毕业的忽然一日，又犯了糊涂，要去看世界。

那是人生的第一次。意识到那个“好孩子”的我，并不是我，是别人期待的我，是社会规划中的我。于是放弃了守规矩，做好学生。我要做自己！

这就是传说中的“任性”吧。

妈妈也终于熬不住，记忆中第一次给我意见。我的火暴脾气哪里容得半句指责，开口就大闹，直闹得天翻地覆，闹得自己离家出走。那时候胆子还小，所谓离家出走也就是迅速敲定一份远方的工作，签合同，还没毕业就去上班。准备走的前一天，听见妈妈在隔壁对伯母抱怨：“小时候我没有管过她。长大了，想管，管不了了。你还没开口，她已经在发脾气，哪里管得了？”

因为一直拥有的自由，我的叛逆期来得太晚。和父母这场分离却是命中注定。所有的孩子都会离开父母，为未来的独立生活做准备。再娇弱的婴儿也不能在母亲的子宫里待上一辈子。

我是谁？是人类最古老的哲学问题。青春期忙着约束自己，却没想过为何约束，也忘了问自己是谁？为何而生？存在的意义又在哪里？现在仍在路上寻找。也许“寻找”也是借口，说寻找就可以堂而皇之地流浪奔波。答案我已经找到，虽然模糊，却足够令自己心安。

让堂哥把博客链接给妈妈，知道她会读，就算好奇也会。好像小时候妈妈总是偷读我的日记。偷偷读完了想给提意见，又不敢说，怕走漏风声我会不依不饶。因为她不评价，我也并不那么介意她偷读我的日记。不过那时是偷看，现在是我请妈妈来看。

做我的妈妈真是可怜，一点儿“妈妈权”也没有。

我不在家的日子，估计爸爸又要出去闯祸。他是最小的儿子和弟弟，一大家人把他宠坏。爸爸也要学会为自己的选择负责，我们会在各自的路上撞得头破血流。我是不回头，若爸爸也不回头，我也没办法，也不能一辈子陪着他。

妈妈只要照顾好自己。

现在在国外，一群人在小屋里，围在一起分食同一支大麻烟。大麻轮到我这里，我继续传下去。有人劝我试一下，不妨事。又说我太死板，人人都抽，法律也不过是写在纸上被人忽略的。我不解释，只是笑笑摇头。

抽支大麻烟不算什么。就像中学生抽烟一样，没有切实的严重后果。没资格定论别人的是非对错，只能管好自己。

潜意识中，我还是一个守规矩的“好孩子”。没有离经叛道的欲望，我只想自由。

世界有多大，我就有多宽容。

花，花园，花园里的人

喜欢这里的生活，生活是新鲜的，至少空气新鲜。差不多每家都有小花园。我租的房子的花园更是特别大。主人钟情于玫瑰和薰衣草，四季都开花，都是老品种，浓香且艳丽，不像新品种一样淡雅秀气。空气里是各种甜香的混合，轻风一动，花香就漫进向阳的开着窗的房间。水塘旁边是芦苇，芦苇旁边是百合。百合开得太盛，把枝干都压弯，要一根一根用竹竿加固好。

院子里花开得太好，住了一周就得了花粉症，每天鼻涕眼泪流不停。空气太干净，花粉就变成伤人的利器。也是自己的免疫系统不够强。想起《红楼梦》里的巧姐逛了一天大观园就生起病来，刘姥姥说是冲撞了花神。不知道她是不是也得了花粉症？大观园里一定开满了鲜花，贾府的大小姐的世界也一定干净。

果园在花园稍远处，和主花园分界开，也是按季节划分好。樱桃季节刚过，现在是李子。房主人立在梯子顶，在果园里摘李子。先收黄李子，再收红李子。李子比乒乓球还大，一样的圆圆滚滚。房主人说，李子季节一过，苹果就会红了。到时候，我打算，坐在苹果树下看书，等着被苹果砸头，像牛顿一样，这算大自然赏赐的醍醐灌顶还是守株待兔？柠檬好像四季都有，根本吃不掉，长得比拳头还大，皮厚得不得了，挂在树上当观赏果实，熟透了就落下。

牛顿首先发表了“万有引力”的定律是事实，但是被苹果砸了头才发现“万有引力”的桥段只是传说。出于某种原因，历史上的真实往往被掩盖，流传下来的只是传说，所以叫传说。

我眼中的世界

最近出去玩了一圈，拍了很多当地的照片。照片里有风景、花草和人物，一些不相干但是有趣的路人。挑了看起来最有代表性的一些给妈妈QQ传过去。本来以为妈妈会喜欢，却惹来抱怨。交涉了几次，她干脆打电话来正式抗议。

“你小姨说了，要看你的照片。你都给我看风景照片有什么意思?”妈妈不管抱怨我什么，都要拉上小姨。表示自己不是一个人，背后有支持者。其实都是她自己的意思，小姨怎么会管我的照片上有没有自己？最多不过是顺着她的话说。

“风景不好吗？一草一木都那么美，连枯枝落叶都漂亮。”

“都是些房子、山头、荒郊野外的破花烂草和不认识的外国人，那有什么好看？你小姨问我那些照片是不是你在网上下载的？看你是白出国了，照片也是白拍，别人都不知道你真去过。”

“你现在真的在国外吗?”隔了一会儿，她又问。想必是犹豫过，还是决定要问清楚。

电话这边的我被妈妈的话噎住，缓了半天才又把气喘均匀。

“妈，你还能再俗一点儿吗！出去旅行是看世界的，不是去和景点拍大头照合影。当地风土人情是主角，不是背景。”

“要看风景我们可以看电视上的旅游节目，人家拍得比你好！出去旅游不就是和风景点拍个照片，回来给大家看看，说去过了。谁花那么些钱出去看花草?”她还是不服。

“唉，你不是喜欢花草吗？家里种了那么多。”我说。

“这孩子，想法真奇怪，喜欢花草，家里看看不就行了。”

“请你把眼界稍微放开阔一点儿，行吗?”我商量着，声音中都是无力感。

“我不懂，”妈妈在电话那边笑起来，“我就要看有你的照片，不要看风景照片。没有意思，也欣赏不了。”

“还好，我的世界观不是你教育出来的。”我也笑。

我的相机是我的眼睛，拍出的照片是世界在我眼里的反射。照片里没有我，我眼里的世界就是我。传这些照片，是和妈妈分享我的世界。

超市里的胡萝卜都长得一样

一直都喜欢这里的超市，红是红，绿是绿。蓝色的是蓝莓，一排一排地叠在那里，清清爽爽。顾客也气定神闲，不急不躁。手里拿着一张购物清单，需要什么，随手一抓，放在推车里，不挑不拣。我爱吃的胡萝卜，一把一把地摞在架子上，一样的长短粗细，一样的喜人的橙红色，像部队里等待领导检阅昂首挺胸的士兵。

唯一告诉我，其实这里的胡萝卜长相根本不同，颜色深浅不一，高矮胖瘦也齐全。可是超市只收购固定颜色和尺寸的，农民们只好按照这个要求培育。纳粹的模式在胡萝卜界进行种族清洗，收割符合超市规定的纯正“雅利安”胡萝卜。有不合规格的，有时连收也不收，卖出去的价格还不够付人工费用。没有给野兔子吃掉的，就烂在地里。

我替没被选进超市的胡萝卜伤感：就因为没长成标准模样，连被摆出来见人的机会都没有。应该把它们都送到韩国，也许可以整容成一模一样。改了模样，也许顾客会多看它们一眼。

因为我对胡萝卜的矫情，唯一哥哥带我去较小规模的蔬果店。除了有机蔬果，他们还有一筐一筐的特价蔬果，因为尺寸不对，卖相不够好，超市里不肯收。我一口气买了几筐，5公斤一箱的樱桃，才要10元，存心是要送人的价格。饱满得裂了口子的大樱桃，甜得人停不下来，我几乎开始关心自己的血糖。外在美不重要，内容才重要。只看外表可能就会错过了真正的美好，针对樱桃，针对人。因为这个观点，无论男人、女人，都笑我是个痴人，唯一并不理我。

我仰着头问他：“既然你喜欢外表漂亮，为什么还要找我?”

他笑：“你也不算难看。”拍拍我的头，催着我快走，又抱怨我买的蔬果太多。这大概就是情人眼里出西施。

我央着房东在后院匀了一小块空地，自己种茄子和辣椒。这里的茄子和辣椒两样都贵得离谱。本地人吃得少，没有市场就没人种，没人种当然价格就高。只好自己种。

我喜欢种菜，有一种安全感。小时候每逢假期，妈妈带我到外婆家去。我们两个总是跑进她的菜园子待上小半天。说是去帮忙侍弄，连摘带毁，弄些鲜嫩的蔬果回来。凉凉的井水洗好，配着自己家手工做的豆瓣酱，搬着小板凳，围着小桌子，坐在小院里的枣子树下吃。

被姥姥看见要挨骂，她一定会说："现在吃这些，一会儿又不好好吃饭!"因为妈妈吃饭不应时的事情，妈妈和外婆到现在也是纠缠不清。

姥爷如果听见，就会嘿嘿一笑，厚道地为妈妈解围："喜欢就让她们吃吧。"

那棵枝叶茂盛的枣树是姥爷为纪念妈妈出生而种下的，妈妈是他们的第一个子女。女儿都是爸爸的小情人吧?!

彩　　虹

经常下雨，雨后会有彩虹，起在半山腰处，另一头被远处的海水截住。有时也许是两条彩虹，互相映着。雨下得又频繁，又短暂。当地人厌烦了伞收收开开的，干脆不打伞。院子里的衣服也不收，任由它淋湿又晒干。总有晒干的时候，反正雨水是干净的。

路上的男人不管是什么季节，一定是齐膝长的短裤。前后带满口袋的棉布短裤，老少通用，贵贱皆宜。羽绒服配半长的短裤也有。夏天的时候走在外面，男人大多是不穿鞋子，脚板就踩在雨后冰凉凉的水泥路上。女孩子也有不穿鞋的，十几岁的女孩子。

老妈如果看见她们，一定要唠叨："现在不知道珍惜身体，着凉，老了要吃苦头的。"

"等老了要吃苦头"，妈妈最爱挂在嘴边。可是看看亲戚家被各种慢性疾病折磨的老人们，哪一个是因为年轻时不保暖而造成的？都是平常最讲究规矩的人。因为急病而离去的就更不必说了。

这些老规矩不过是立出来约束年轻人的言行。有没有科学道理不知道，心理学的道理还是有的，利用年轻人对老年期的无知和恐惧感。

你是我的唯一

一天，唯一对我说："跟我在一起吧，我会好好照顾你。如果我穷得最后只剩下一块面包，一半先给你，一半再给自己。"

我笑了，本来就一直喜欢他。

他年少无知，我青春懵懂。两个般配的傻瓜，一场只属于青春的恋情。

再一天，我们一起去钓鱼。两个人都爱好这个，隔两天就去一次。

海边有的是天然的牡蛎。本地人从岩石上挖来大个子的牡蛎，用锋利的刀尖直接撬开上面的壳子，丢掉。一扬脖就着海水把软滑的牡蛎生吞下去。

我们也挖了很多牡蛎，各种方法试吃，没有一次觉得可口。于是用牡蛎作饵钓鱼。鱼喜欢吃牡蛎，钓上来很多。各种方法做鱼肴，到最后再也不肯吃鱼。钓上来，就再放回去。

东西方有关牡蛎文化中，用刀撬开牡蛎对男人来讲是一种停也停不下的意淫。也许因此牡蛎被认为是催情圣物，大概也就是心理暗示的缘故。

又一天，我给唯一洗头。他乖乖地坐在那里，低着头，我仔细地揉搓他的长发。

"就这样一辈子也挺好。"他说。

"一直帮你洗头?"我说。

两个人再也不说话，房间里都是细细碎碎的泡沫，绵绵长长。

后来，唯一和他的一个女性朋友越走越亲近。他说，他看不上那女孩子的行为，很不地道。但是，别人都喜欢她，大家一起玩，他也不能单独不理她。

虽然大家一起玩，但这大家里从来没有我。

再后来，唯一说："我也是没办法。"

"那你从前说过的话呢?"我问。

唯一："我还是会照顾你，你去读书，读完一个文凭，再读一个文凭。我养你一辈子。我有的，都是你的。"

"没有你，再多也没有意义。以为我和你一起是贪图你赚钱照顾我生活?"

提一件行李连夜离开，去了一个完全陌生的城市。哭了一个星期后，报纸上找了一份前台工作。人生重新开始。

那天，唯一来看我，带来我来不及带走的物品和他所有可以留给我的金钱。连车也留下，自己坐飞机离开。

朋友告诉我，他和那女孩子不再在一起。谁离开谁，我不清楚，也没有追问。从来都和那女孩无关。

"我有许多的苦衷。"他说。

"不怪你，"我说，"是我看错了人。"

宗　　教

朋友说："和你在一起，我感觉上帝就在身边。"

我说："我也觉得上帝就在我身边。"

"那你还不是基督徒？"朋友很积极。基督的信徒都是热衷传教，以介绍更多人来信基督而骄傲。

"不是，我相信上帝。只是我不知道上帝是谁，以何形式出现，为何存在。"我解释。我对基督教的信，也就是在"上帝"这回事儿。"基督"我不信，即使他是真的救世主，他也不在了。（个人理解和选择而已，我的宗教知识有限）

"答案在《圣经》里，在教堂里。你应该和我一起去教堂。"朋友继续说。

这是一个基督教国家。到处都有教堂，我经常去教堂。教堂里没有答案。但教堂里有爱。

去教堂礼拜的有两种。一种是家族传统，基督教文化下长大的孩子或者因为家庭原因去教堂的男女。他们去教堂的动力是社会活动。自己的家人、朋友和社会关系都在教堂里。所以每个星期都要去。自己的另外一半也往往在教堂里找到，再建立一个全新的基督教家庭，培养新一代基督徒。至于这样一个人，是不是听教于牧师布道，信不信上帝是万物之主倒是其次。成长在基督徒家庭的孩子，有不少也会怀疑上帝。

另一种是诚意的教徒。诚意的教徒也有很多。就亚洲来讲，台湾的比大陆的信徒多，韩国的比日本的信徒多。

从不向上帝祈祷。即使上帝想帮助我，也不是万能的。我感受到上帝，我了解上帝，我亲近上帝。模糊中有一种感觉，上帝就是我。

中秋节笔记

最近的诺贝尔物理奖的成果是研究宇宙的初始状态，并进入了精确观测时代。好像看到了希望，可以澄清从小就有的疑问。所有的研究都是建立在一个可能对，也可能错的假设基础上：宇宙起源于一场大爆炸。倒不是很介意不了解大爆炸以前的状态，一步一步来嘛。反正圣经没说上帝是谁创造的，中国的民间故事也没解释夸父和女娲从何处来，也许是机器人？

今天计划去展览馆找媒体报道的那位伦敦来的艺术家的作品。一个玻璃房间里放着3000多个气球，人走进去，踩得气球噼噼啪啪响，够有创意。最绝的是设计师对自己作品的描述是“I don't know what I want to say, but, try to say something, I think I want to try to think, I want to see what I think”（我不知道我要说什么，总是想说点什么，我觉得我在思考，我想知道我在思考什么），够坦诚。

在我所能涉及的世界里，并不是所有人都能准确地表达自己的内心的想法和渴望，或者正视自己的需要，而不是别人的需要。太多的人从可以思考就选择自私的生活。最具讽刺的是，所谓自私不过是为了满足别人的眼光和要求而生活。

回家的路上偶然听到几个十几岁的台湾口音的女孩子在热烈地讨论中秋节。从嫦娥、玉兔、吴刚开始，到后羿、猪八戒、孙悟空、大禹、贾宝玉、周杰伦、周杰和周杰新出的专集。我在一边偷笑得半死，说话走题我再不敢称第一。

不是每个人都是李小龙吗？

吃饭的时候，一个不是很熟的同事坐在一旁陪着我喝茶。喝我的绿茶。

我说要去学拳击。他想了一下，问："你在中国练功夫吗？"

我一愣，说："我不练功夫。"

他说："哦，我明白了。女人不练，男人练。"

我笑得狂喷饭，"我们不但女人不练功夫，男人也不练功夫。只是有一些地方有练功夫的传统。或者是个人选择，比如你们可以选择练拳击一样。"

他想了半天："这样啊，还以为亚洲人都练功夫呢。我有时候还想不要轻易惹亚洲人，他们会功夫。"

后来想想也许是这同事故意逗我开心。也许是中国功夫的片子里，会功夫的全都是些街边的小人物，结果把广大的西方观众欺骗了。

我是小地方长大的孩子，成长时期眼光狭窄，并没有机会接触高大上的"李小龙"和"披头士"之类的文化。只是后来出了国之后才知道，李小龙在西方文化中的地位——真正的主流文化，好像邓丽君在80年代横扫港澳台。

办公室风水

圣诞节到了，全民圣诞装饰。我们单位也有个竞赛，年终的时候大老板会来作裁判。不过是过节了，大家热闹一下而已。虽然目的只是热闹一下，大家还是认真了，认真了也就输了。

全楼层各部门都进入状态。正式比赛那天，砍树回来的也有，街边偷花的也有，人工雪花也有，真人扮圣诞麋鹿的也有。扮圣诞老人的更寻常。各人家里的私房货都拿了出来，一个办公区用十五分钟上演圣诞老人自杀和留遗言的全套剧本。除了这些，各办公区都准备了给大老板的贿赂品，有吃有喝有拿。也有把老板照片 PS 成耶稣高高地供在那里。总之下尽本钱地溜须拍马。

我们办公室比较忙，装饰基本都是我一个人承包。我不是基督徒，也没有在基督教国家长大，中国商家铺天盖地炒作圣诞概念也是后来的事情。总之，我是从来没有做过圣诞节装饰，也没有确切的圣诞概念，所以完全不按牌理出牌。因为创意新鲜，结果备受推崇，一度遥遥领先。但是，很快被其他办公区加紧追上，我也无计可施。同组的同事一致决定我们要以包装“风水”出位，对外吹嘘我是风水专家，强烈推荐我们办公室的风水功能，会给大老板带来名利双收。

手指和性格

上班不是太忙的话，就和朋友们发私人 E - mail。这天朋友发了一个看小拇指了解个性的网页。我对照了一下，准到神（我大概是那种很容易被暗示型，看星座，属性什么，个个都觉得准到神）。根据这个网站，我的优点：有交际技巧，个人魅力，准确表达自己，人缘好；观察能力强，不易受骗。我的缺点：对人太忠诚，一条路走到黑，不知变通。

因为上面有英文注解，就把这个发给同办公室的同事。顿时整个办公室乱成一锅粥，果然当时不止我一个人闲。同事聚到我的办公桌前用尺量自己小拇指指节，深切地体会一把东西文化的区别。网页已经清楚地用图示解释了怎么判断长短，同事们一定要相信真实数据。我又顺便解释一下男左女右，看到每个人脸上一副恍然大悟的样子。中国传统中的男左女右有什么根据，天晓得。中国古代的那些先知者要不然是悟出了人类之大成，天人合一般上知天理，下知微细胞，要不然就是些超级大忽悠。

反正我的同事信了。老板最后说，以后再招人，要先看她的小手指，看看候选人和自己合不合。

最佳混混奖

圣诞前夕，同事间发起了一场提名活动，这是一个非正式的活动，就是把你认为楼层里面最出名、最特别、最值得嘉奖的人名和原因写下来，投在箱子里。结果在圣诞活动中揭晓。因为是非官方提名，和工作努力与成就都无关，实际上就是看谁在单位里最受欢迎，人缘最好。我心里暗笑，这简直就是评选办公室里的最佳混混。提名的盒子上面高高挂着几个参考人物的照片，都是几个平时很出名会折腾的同事。

搞活动的那天，本来有事情不打算去，被同事要求一定参加。结果，匆匆去赶场才知道，自己以最高票数当选了这个最佳混混奖，实在是意料之外。虽然一向知道自己混得还好，但是没想到混得这么好。

因为是匿名提名，不知道都是谁选了我。当选的原因更令人感动。我被说成最好人、最正能量，对世界、事物有不同的理解，经常鼓励同事，最后都强调我很会搞笑。

我满脸通红地发表获奖感言，承认自己会搞笑这一点是实至名归。我说我之所以会搞笑，是因为学英文的时候看了太多美国情景喜剧，学了太多只能用于搞笑的英文。严肃的词就不知道几个，因为不喜欢看时事评论节目。

大家又笑。

可我是认真的。

我的非正规打工生活

米亚，是个单身妈妈。她才24岁时，已经怀了第三个小孩。之前有一儿一女，这一个的性别就刻意不知道，等生出来才知道的惊喜。这个孩子的爸爸与米亚前两个小孩的爸爸不同，孩子爸爸和她生活在一起，他们等孩子生出来以后结婚。

两个孩子妈妈，又是孕妇，米亚却总是精力充沛。她和我一起学习，又是附近一家咖啡厅的经理。等孩子生了以后，她的男人留在家里照顾三个小孩，米亚继续工作学习，因为她赚的比男人多。

每天挺着一个硕大的肚子，照顾两个小孩，经营一家咖啡厅。这还不算，米亚还接朋友婚礼、节日蛋糕的零散订单。订单大多从朋友亲戚那里来，她说也不方便推掉，我笑话她就喜欢往自己身上揽事情。做好的蛋糕，样式都精致，码子又大，直直地挺在那里，没有建筑学的理论支持恐怕做不到。她的订单接到做不过来，有时就要我去店里或者家里帮忙，一来二去，就成了我半个老板，连我的生活费用也有了着落。大肚子也没有给她生活造成任何不便，不管在家、在学校，还是在工作，她都是健步如飞，活计也是拿起来就做，比我能干得多。

我常常给米亚讲中国的孕妇有多尊贵，日常规矩有多少。我讲，她笑，说："那她们家也不用过日子了。"

毕业了以后我们还是朋友，不过我已经不替她打业余工。我是够吃饭就不会想到还要穿衣的那一种。在米亚家的时候见过她的妈妈，本来是一个安稳的注册会计师，四十几岁的时候忽然转行到一家连锁店里做烘焙师，这家人爱烘焙是有传统的。米亚妈妈烘焙师没做半年，被老板提升到经理，专门管理当地一个大型超市的烘焙供给。

米亚妈妈和我聊得对路。她说，她现在准备退休了，先和先生开着房车沿着海岸线全国旅游。然后把房车卖掉，搭邮轮全球游。老早就订好船票，行程一年左右。米亚父母日子过得很富裕，本来就不必工作。乡下有一片农场，一直租出去养牛放羊。

她问我愿意不愿意在她离开的时间照顾她的房子。偶尔打扫，保持整洁就行。关键是花草，花园草坪一周要整理一次，要不然杂草丛生，不但毁了花园，而且会被邻居投诉。夏天的时候，会有他们的朋友过来住三个月。一对日本老夫妇，过来看儿子一家，不和儿子住在一起。老夫妻要利用这段时间打网球，打高尔夫，见老朋友一起吃饭。他们每次都和儿子分开住，各自方便。

米亚妈妈的房子我去过，房子也不算大，规规矩矩三间卧室和一个开放式的客厅，一间太阳房兼书房，另有一间库房给男主人敲敲打打做些手工活。前院是大片的草坪，后面是花园，打理起来确实要好些精力。她知道我喜欢照看花花草草，才托给我管，如果雇用专业公司管理，费用惊人。

说这件事的时候，米亚就在旁边，教训自己的儿子守规矩，少淘气。米亚家四口和一个未出生的宝宝也有三间卧室，极小，又简陋，家具都是二手的。以米亚可以负担的价格只能租到这种房子。她的妈妈没有邀请他们住进自己的房子。我们说话的时候，米亚也连眼皮都没抬，她父母的房子本来也和她没什么关系。

新闻天天有

早上起来照例开了电视，一边洗脸一边听早间新闻。

第一个新闻：药店被采访的人。一天有一个女客人走进来，抱着一只小猪，店里人就很奇怪。然后客人问，能不能给我的小猪打两个耳洞？药店的人就给猪打了耳洞，然后电视上照片就是一只小花猪，戴着两个耳钉，超可爱。

然后，几个主持人认真讨论，给小猪扎耳洞有没有“猪权”，小猪同不同意，小猪痛不痛。我边看边傻呵呵地笑。

第二个新闻：一个频道在全国直播橄榄球比赛的时候信号忽然中断，然后就开始播 AV 的画面，成人画面一直播了四分多钟。

橄榄球比赛是这里最重要的比赛，好像中国的足球一样。有很多人看比赛，也顺便就看了成人片。电视台目前竟然没有得到正式的投诉。新闻里还播了一点儿成人片的片段，当然是打了码的，看出来还是有点剧情。电视台淡然道歉，说是一个技术错误，好像是传信号的人按错了钮之类的。这位大哥可能是一边看球，一边看成人片，看着看着就搞混了。可是奇怪，怎么放了四分多钟那么长啊？

女主持人就一直问几个男主持人昨天下午都看没看比赛。几个主持人就顾左右而言他。

全国的大卡车罢工，都到我工作的地方来示威游行。结果，所有附近上班族都要很早就过来，或者下午才上班，因为路都被卡车堵住了。

我走路上班，街上都是大卡车，天上飞满飞机，我也兴奋得过了头，不停地照相。上班的路上好像是游乐园一样，民众都很支持这次示威，也许和我一样并不知道自己在支持什么。很多和我一样的照相的人群，还有冰激凌卡车满街发冰激凌。

和科技无关， 和人脑有关

这周自不量力地参加了一个演讲比赛，想来想去决定将自己在澳洲和朋友在一片长海滩走丢的事情讲出来。海滩太长，我们又走得太远，结果迷失了方向忘记了从哪个入口进来——所有的路口长得都一样，车却只停在一个路口之外。简直是进了迷宫。

夜色漫上来，只能离开，不知道潮水会涨多高。留在海边也许会有生命危险。出来的路口连着一片漆黑的小森林，澳洲的森林有多危险，何况是夜晚？一路上尽是各种动物的声音和树叶被拨到一旁的窸窸窣窣的声音。

清楚地记得自己当时的感受，痛恨自己。如果是以前这时候会赖在沙发上看电视，为什么漂洋过海到澳洲森林中迷失？

最后两人终于走出森林，又冷又饿的两个人，赤脚走在同样漆黑一片的国家公路上。以前从来都没有意识到路上的石子存在，今天每一步都踩在冰凉生硬的石子上，存在感一下子就出来了。

后来还是被当地人捡起，兜兜转转到半夜才找回自己的车。

这段记忆引起大家强烈共鸣，竟然得了比赛的第二名。虽然没有赢得比赛，有名次就已经很开心了。多亏了那段经历。写信给人已经在英国的朋友报喜，朋友说他也常常因为这段回忆自己偷笑。

最佳老板

这个世界上曾经感动过我的人不算多，Pamela 就是其中的一个。

Pamela 是前老板，我在她手下做着最枯燥无味的工作。

有一天，她把我叫到办公室，说我应该离开。还说我做的工作是浪费才能，应该寻求其他方向。

我告诉她，我的工作机会实在不多，和很多其他新移民一样。

她说她知道一个工作机会适合我，也安排好了面试给我。只要我不让面试的人失望，这份工作就是我的。

于是我换了一份更适合自己的工作。

从来没有要求她帮助我，也没有期待过她会帮助我。可是生命中就有这样的人，他们愿意无所求地帮助你度过困境，愿意看到你过得幸福，他们叫“朋友”。当 Pamela 不再是我的领导，她是我的朋友，真正的朋友。

Pamela 最后说给我的话是：“You will fly from today. I know you will.”（我知道你从此会展翅高飞！）

（写在后面：这个为我的生活轨迹创造了转折点的人，我都没有为她做过任何的事情，在她发生不幸之前。而不争气的我并没有如她所预料，一直是一个没有建树与成就的人。）

马来语和中文

一个同事是马来西亚人，每天见面就对着我喊："Amoi!"我想着她是讲马来语和我打招呼，就也和她喊"Amoi!"她也一团开心的样子。

有一大，经理问她什么是Amoi。同事说："这是福建话，意思是年轻姑娘。"我一听愣住了，才意识到这么长时间以来她一直在和我讲中文，喊我阿妹！她不是中国人，不知道"阿妹"究竟是什么字面意思，我也不知道她在说中文。

今天，这位马来同事又叫我们年长的一位女同事"Aso!"我举一反三地联想了一下，猜她在说"阿嫂!"

中文这样地在海外发扬光大，还真是让我有点儿措手不及。

自找苦吃

去上海的决定很偶然。虽然一直口口声声说想去上海，但是真的看到职位出现的时候，还是打算放弃，当时一心准备去面试一份心仪很久也等待很久的工作机会。后来是同事强迫递了简历，又是同事下了命令，一定要去面试。面试的时候我一通谦虚，所有能想到的自己的短处都一五一十地告诉人家，暗地里希望上海那方面会嫌弃我。

现任经理知道我参加了去上海的面试，眼睛瞪得老大。她不相信我这个整天和她喊涨工资的女人会大老远地去竞争一份很少工资的工作。

到上海要做更多的工作，赚更少的钱。这还不算，一个完全陌生的城市，没有朋友，没有支持。听说那是一个出了名的浮躁、虚荣和现实的城市，满城里都是股票、名牌、金钱。为了赚更多的钱而更卖力地花钱。人多自然压力大，为了生存而被迫竞争，和为了要得到承认而主动竞争。

而这边放弃的是一份全无压力的铁饭碗，大把的弹性，很多的假期。生活中有朋友，一起上班的同事还是朋友。同时放弃的还有蓝天、白云、大海、新鲜的空气、干净的食物，还有快活似神仙的生活。

最重要的是，我这个被公认为最糊涂的女人要怎么在最精明的人群中生存？等真的决定去上海，朋友们对我每天灌输思想，在上海生存有多不容易，我生活的地方出了名高物价，全名牌，淡薄人情。像我这么傻的女人，很快就会哭着回来，然后死活也不肯再去。

那之前为什么个个逼着我去面试？

还是决定去上海，看看压力到底是个什么东西，压力下能活出怎样的自己？我人绝对够懒，凡是过得下去就一定不花力气改变。难得冒险精神在内心蛰伏若干年后，寻到了突破口，闪了一下光。一定要成全自己，去看看再说。

这次又是说走就走，是任性还是潇洒？

像往常一样下了班，走在回家的路上。天上下着小雨，忽然用手摸了一下胸口，怎么忽然感觉到自己那颗心，鲜活的。很久没有这样的感觉，自己还活着。

上海，从未谋面，听过无数相关的流言蜚语。一定有她的魔力与魅力。

写在后面的话：上海几年，学了很多工作方面的知识，认识许多可爱的上海小囡们，自己做人的风格还是一如既往的糊涂而开心。从上海回来后，还是得到机会做了自己心仪的工作。

所有的故事都有一个开始

妈妈一直都不知道我是做什么工作，在哪里读过书，又学过什么专业。我决定回中国去上海工作前，和她讲要在上海的外驻机构工作。我离她近了一程，飞机两个小时就到。以为她会满心欢喜。妈妈问了薪水情况，半天也没说话。第二天，又打电话回来。郑重地劝告我要谨慎。我疑惑为什么？她说："我和你小姨一起商量过，都没听过这个工作。什么外企都是听上去好，实际不靠谱的。这个外企也不出名，什么官是做什么的，谁知道？说不定就是私人随便搞的骗子公司。之前放弃了政府、教师那么好的职业一定要出国，现在回来做这么不伦不类的工作……上海那么大，回不去原来的工作，至少也要国企才稳定。"

我笑得前仰后合，开玩笑说："邻居家丽颖那么小就闯北京去摆摊卖服装，你不是还夸她有魄力？"

"丽颖是有心机。北京找了一个比她大20岁的老男人，现在过得可滋润了。还给她爸妈买了新房子。每年都开车回来，家里可热闹了。"

"对不起，妈妈，我不会为了给你买新房子添汽车而卖身。就算我想卖，也没本事卖得出价格。"我有点儿恼了，和妈妈一起，我的耐心总是少了一些，少了很多。

"我不是那个意思，你看你这个孩子，净挑我说话毛病。去北京的，人家赚了个房子回来。出国的人都赚得更多。我们楼上的那家，一家人就那么黑在日本，据说赚了大钱。你到处东游西逛的，看上去挺滋润，好像一直也没有做什么正经事。"

妈妈眼中的正经事情就是赚钱，能赚钱的就是正经事，不赚钱都是浪费时间，规则多简单明确，想走歪都难。有这个想法不能怪妈妈。仔细想想，中国主流社会都会这样想。妈妈那一辈，这样的话都挑明了说，并不觉得有什么不妥。

孟子说的那个不孝有三的之三，大意是本可以出头的读书人，不出去考试，替国家做官，赚钱孝敬父母令父母过得更好，就是人神共愤的不孝。妈妈没有什么文化，但是她直觉够好，她对我的指控也有强大的儒家文化基础。

目前的中国社会暂时不允许“理想”这么傻的词汇存在。你要是敢提“情怀”这两个字，网络有本事把你前五百年挖出来证明你和大家一样的浅薄。还好我没有理想和情怀，就是图个自由。不过这个活法，在妈妈那里一直是大逆不道的同义词。幸好我离她远，而且生活在一个不知道孔子是谁的国家。

好险，好险。

过　马　路

除了找不到路，每天走丢以外，在上海过马路也是巨大挑战之一。和德国室友 P 一起上街，每次过马路，我都死命往回拉着她的胳膊，怕她被车撞了。车离人那么近，好危险。又教了她一句中文："命更重要！"她明白这句话的意思以后笑弯了腰，每次过马路时，都要用标准中文大喊一声"命更重要！"

P 和我讲："过马路的时候，只要是绿灯，你都不要看车，直接走。你看车，车就从你面前开过去了，知道你会让路。你不看车，车就要看你，看到你在走，车就会停下来。"就这样，我差不多每天被训练过马路不看车。经常怀疑到底 P 是中国人，还是我是中国人。

不过，我自己过马路的时候，还是看着车，给车让路。还是那句话："命更重要！"为了争一分钟，把自己性命搭上去可是不值得。不过这个可不能让 P 知道，她看到我哆哆嗦嗦犹豫不决过马路，又要笑翻。

有关硬路肩的传说

因为自己是路盲，所以随便去哪里都要在心里斗争半天，犹豫不决。一直都想去宁波，但是实在怕走丢，就一直都没去。

然后有一天，慧霞打电话过来说她有事情到上海出差，可以把我带到宁波。

在上海还没有什么朋友，缺人陪我玩。慧霞是我多年的老朋友。就盼呀，盼呀，盼她过来，像一个盼着过年的小孩子。

坐上去宁波的车。好久没上过中国的高速，又比较兴奋，看见什么都要问一问。一厢情愿认为慧霞也会和我一样的兴奋，谁知道她一直忙自己的事情，打电话，发短信，对我态度十分敷衍。忍了十几分钟，我就直接表示不高兴，大声质问她："唉，你这个人怎么可以这样呢？我回国以后，只要坐车，无论谁坐在我旁边都要给我介绍这，介绍那，连出租车司机都很热情！"慧霞大概也老早嫌弃我烦，火气也很大："好！我现在给你介绍，那，这里是莘庄！看牌子写着呢，我还用为你介绍什么？"

我从小就有爱问问题的毛病，令对方受折磨。一般情况是你回答了我第一个问题，我就会开始刨根问底。小时候父母、老师都很怕我问他们问题，都是尽量不理我。想平静地岔开话题转移我注意力是基本不可能。

看人家忙，也知道自己有这个毛病，我就老实些，少找麻烦，自顾自看风景。

高速两边灰蒙蒙没什么好看，只好看路。然后看到高速牌子上，高高地写着"硬路肩"这几个字。

"这个硬路肩是个什么东西？"我问。

慧霞照例不耐烦："什么硬路肩？是个地名！"

"怎么会是地名？应该是高速旁边的停车道吧！"

“什么停车道，是地名！”

“哦。”我没再说话。

但是，这个硬路肩的牌子如影随形，一路上都是。而且硬路肩下面的英文好像是意译的，好像是“Hard Verge”。地名都是音译的，上海是Shanghai，不是Above sea，北京是Beijing，不是Northern Capital。为什么这个硬路肩这么特别？

过了一会儿，我实在忍不住，就又问：“这个，好像不对吧，不可能是地名？”

慧霞对我的态度越来越差：“这个硬路肩就是和杭州一样的地名，看看牌子上还写着，杭州还有165公里，就是这样的。”

我就又没声音了，可是还是在纳闷，那个硬路肩的旁边明明没有公里数，和杭州不一样。

终于，我又鼓足勇气问：“那，这个，这个地方在哪里？为什么叫‘硬路肩’呢？很奇怪的名字啊！”

这时候慧霞基本上已经是被我招惹到极限，开始大声地教训我：“你这个人怎么什么都问呢？我怎么会知道地名是怎么起的，我问你嘉兴为什么叫嘉兴？杭州为什么叫杭州，硬路肩这个地方就叫硬路肩！”

坐在我们前面的两个人回头看着我们笑。慧霞指着我说：“你看看你，还这么什么都问，人家都笑话你呢！”

前面的人说：“我们不是在笑她。是你错了，硬路肩不是地名，是‘紧急停车道’！”

慧霞顿时气竭，低头不再说话。

过了一会儿，我又问：“你说为什么这个牌子上不写紧急停车道？那多好理解。”

慧霞倒还是一如既往的理直气壮：“为了节省高速牌子上的空间！”

我这次没有争论，但是暗想，我下次再做什么大的抉择取舍，不会给她打电话讨论。

但是问题还是在。“紧急停车道”为什么不叫“紧急停车道”？后来上网查了一下，据说硬路肩是高速上事故高发地段。能不出事故吗，有那么多人都根本不知道这条车道可以停车！假设大家都和我一样无知的话。

其实到现在，还是不懂硬路肩为什么叫硬路肩。

写在后面：后来在国外，看到国道上也有标牌“Road Shoulder”。估计硬路肩的说法是从这里来的，也许之后又忘了出处，翻译成英文不用“源词”，而是着三不着两地翻译成“Hard Verge”，这差不多算是演绎了吧。

给小朋友买衣服

一心给朋友的孩子买好看的衣服做礼物，但是买不到喜欢的。也是自己不用心。

忽然一天，在小区附近看见一家店里卖很多很好看的小衣服。尤其是门口挂的那件，很远就看得见。红色圣诞老人装，领子上翻出白色的毛毛，质量好像也不错，好看又保暖，送人也热闹些。符合我性格的礼物。哎呀，真是踏破铁鞋无觅处，得来全不费工夫。

赶紧冲进去指着这件衣服问店主："麻烦你，请问这件衣服适合多大的小朋友穿？"

转头再看那女店主。她一张脸先是左部抽搐然后右部抽搐，最后满脸扭曲。好几秒以后，她的面部表情平静下来，才说得出话："这件衣服不是给小朋友穿的，是给狗穿的。小姐，我们这是一家宠物店！"

教人中文

有一天一时兴起，教了P一句骂人的话："他奶奶的。"这个是我从一个好朋友那里学来的，算是我骂人时候最够狠的一句。本来也只是宣泄情绪的，一向不相信骂人要出脏字才能伤人。

第二天，P大概是向人炫耀过她的中文骂人水平，回来之后换着花样地和我唠叨骂人的粗话，一共学了十来样。后来我实在忍无可忍，不能再忍，和她对骂起来。满屋子听我们两个讲：放屁、滚蛋之类。

心里这个后悔啊，以后再不教她讲粗话。

今天P问我，男人的重要部位怎么讲。这个方面的语言，让我用英文说，我想都不想，张嘴就来，也没什么觉得不好意思。人身上实实在在长的，有什么不能说？但是让我用中文讲，我就说不出口。还是儒家文化影响结果？当然这没什么可抱怨，不把男人生殖部位挂在口上也不是坏事。何况，我吸取了以前的教训，怎么也不肯教。她问了半天，我还是不肯说，就改问女人身上的重要部位，还是不太好意思说，就教了她一个文雅的："乳房"。又解释说，字面意思就是装奶水的房子。她听了很不甘心，说从别人那里学了叫"奶子"。昏倒，不过反正也不是我教的，随便她讲。

但是，然后P就在那里自言自语，奶子有两个，是复数，应不应该叫"奶子们"？我咣一声再次晕倒，忍不住告诉她不是这样讲，但是不肯教她正确说法。结果她就自己琢磨。说：那就叫"一双奶子"，然后，P就很肯定地说："一双奶子"一定是对的，听起来就很好听。

我们这三个

我和两个性格完全不同但是很融洽的朋友住在一起。其中一个P很喜欢收拾房间，我们吃个苹果，剥个橘子，十分钟之后，果核、果皮就不见了。晚上喝一杯水、茶、咖啡或者红酒，杯子放在桌子上，第二天醒来这些杯子就干干净净地在壁橱里。周五晚上我堆在洗衣机边上的衣服，星期天再看到这些衣服时，干干净净，整整齐齐地叠在窗边。夜幕降临时，家里总是烛光闪闪烁烁；圣诞接近时，糖果、饼干、圣诞装饰应有尽有。和田螺姑娘住在一起的感觉很幸福。

另外一个娜嘉白天经常在家，这样就不用担心要赶回家收快递。

当然还有我，本来我也没什么好处可以说。只是有一次我们几个半夜饿得要昏过去，我自告奋勇地挣扎着去煮馄饨，把冰箱里的蔬菜都统统煮进去。三个人吃得热火朝天。她们谢我做饭给她们吃，我谢她们吃我做的饭。

自此，就开始我的煮妇生涯，当然是简单得不能再简单的煮馄饨、煎饺子、炒饭、炒面。每次下了班，风中雨中地赶去买大家喜欢吃的“特别好吃的”蘑菇（香菇）和青菜。再赶回家洗手做饭。饭菜上桌，大家吃饭，好在她们都好养活。我不但不觉得麻烦，还很感动。

对比一下，和中国朋友一起的时候，我是不被允许接近厨房的。帮忙摆桌子都要有专人监督，防止打破杯盘。吃过饭只允许我把碗盘送到厨房，不允许摆放在洗碗机里，因为对我把碗放进洗碗机的技巧不放心。

三个人一起讲英文，因为我的英文比她们的中文好。但是，出去买东西，出去玩，都是她们用中文和人家问价钱，指方向。她们比我更了解这个城市，当然比我更有方向感，我总是在一旁不讲话。凡事无可无不可，随便她们去哪里，买什么。人家就常好奇地指着我对她们说：“这位小姐是韩国人吧?”我们就笑，这个时候我就要自己解释。那两个女人无法区别韩语“HAN YU”和汉语“HAN YU”的发音。每次都争着说，每次都说不准。

茶余饭后

吃过饭，几个人聊天。我告诉P，上一次她发明了“一双奶子”的说法，我写进博客以后，反响极其强烈。

当然接下来，她们两个就很自然地问我，到底奶子的复数应该怎么说。又举了几个简单例子，说在我们理解的几种语言中，提到乳房都是用复数，只有中文是单数。这个不合理。

让她们等这么久，决定告诉她们正确说法，“那，听清楚了，正确说法是‘一对奶子’！”我说。

谁知道我话音刚落，这两个女人几乎都从沙发上蹦了起来：“What? What you were saying? You mean a team of tits? A bundle of tits?”我这才意识到，她们没听到过“一对”的说法，以为我在说“一队奶子”。

一时间，每个人脑子里都是山峦起伏的图画。

观　　点

一天，慧霞怕我寂寞，给我介绍她的一个朋友认识，那个女子打电话来，开场白就是："你看我，年纪很大了，还是一个人，也没有房子和稳定的生活，前途也渺茫，各方面的压力很大……"我听了很为她难过，随口问了一句："你是哪一年生的？""1978 年。"我当场晕倒，才三十几岁，有必要这么悲观吗？

后来感叹给同事听，原来没有男人就要这么郁闷而孤独。

同事 A 大声地说："有男人就不寂寞吗？现在你们在一起，谁保证 10 年后你们还在一起？谁能保证你的生活中不会出现小三，你的男人不会被别的女人抢走？就算你们一直生活在一起，谁能保证另一半是不是会先你而去，即便是儿女也不会时刻留在你身边。然后你还是孤独，而且是真的年老而孤独，比起现在的孤独更孤独。"最后她慷慨激昂地总结道："所以说，有了男人不是就有了一切，女人还是要靠自己才行！"

在场全体人员起立，鼓掌！

又一天，和李妹妹还有奥地利来的妹妹去唱 K，唱 K 的环境比较好，奥地利妹妹被镇到晕，和国外 K 歌的地方完全不同，可以用豪华和私密两个特点概括。这一点其实我也挺难理解，只是关起门来唱歌而已，为什么要那么豪华？

四个人唱歌，李是一首接一首的伤心情歌，奥地利妹妹能看得懂一点儿中文，就在那里读歌词顺便学习中文。

过了一个小时，她那里抗议："为什么都是悲伤的情歌？为什么都是'你走了，我好难过，难过得都不想活了'？"

我们解释说 K 歌房里一般都唱这样的歌，都是悲伤难过，这样有利于歌者解压，舒缓歌者情绪。

奥地利妹妹还是气愤："他走了就走了呗，再找一个就行了，接着开心，为什么要为他难过？"

嗯……这个……这个问题我没有想过，值得思考。

七月飞雪

正在埋头辛苦工作，抬头，看见外面飘飘洒洒的雪花，知道是这两天气候反常，所以也不是太在意。说了一声："下雪了！"

办公室一下子就喧哗起来，南方人见雪就兴奋。同事都奔到窗边，开了窗，欣赏雪花，拍照录影，纷纷讨论为什么七月的夏天会飘雪，害得老板在后面大喊："大家注意安全，不要从窗上被挤掉下楼去。"

我发信给好朋友Z，说是刚刚窗外看到了雪花。

Z回信："看到了雪花啊，看到北极熊了吗？"

我气结。

难得按时回家，路上买了喜欢吃的藕片和海带。然后又买了新上市的毛豆打算回去煮。

回到家，李妹妹正在做饭，鲍鱼和对虾炒饭。她的饭好了，两个人一块吃。我分给她毛豆和藕片，她分给我鲍鱼和对虾炒饭。

这大概就和当年中国签署的不平等条约一样的不平等吧。

梁山伯与祝英台

放假回去看老妈，两个人没什么实际的话说。她讲的家常我没兴趣，我说的世界她嫌不实在。两个人就伴着一起看电视。中央台有传奇电影介绍，很有趣，就天天跟着看。其中一节讲“梁山伯与祝英台”，看着看着就想，这个故事不是很符合逻辑呀。

首先，封建社会的人思想怎么那么先进呢，祝英台他们家怎么能让一个女孩子打扮成男孩子出外和男人在一起学习三年呢？如果他们不受女子无才便是德的经典理论影响，至少可以请老师到家里教女儿读书。把女孩子送到男校去读书，这种决定即使是现代父母的决定也是疯狂。脚趾头想想也知道不应该。一个豆蔻年华的女孩子与一群男子朝夕相处三年整，只爱上一个梁山伯，出了一桩事，应该说祝英台已经是一个相当稳重的女孩子。

然后，既然这一对父母这样前无古人后无来者的开明，怎么会不让祝英台嫁给梁山伯？虽然马家有权有钱，但是那梁山伯也是书香门第，相貌堂堂。人家梁山伯少年有成，既是绩优股又是潜力股。就祝英台父母想得开的程度，为了女儿的幸福，即使女儿要嫁给外国人，他们也是会同意。那怎么会逼迫女儿嫁给马家，以至于宝贝女儿哭死，投坟？

总觉得，这个故事有什么缺失的地方没有交代完整。

查了资料才知道这个浪漫的传奇爱情故事基础版本并不是我们所看到的故事。证据是梁山伯的传记《忠义王庙记》。故事的最初版本是，梁山伯求婚不遂，被告知祝英台已经结亲马家，叹道：“生当封侯，死当庙食，区区何足论也！”梁山伯并没有把这件未成的婚事当作灭顶之灾，对于他，爱情只是可有可无的小事情。真正的梁山伯是有理想、有追求的好少年。活着的时候事业有成，死了以后又有人为他立庙著说。他不虚此生。

如果是这样，我还能理解。从来不觉得中国人是一个浪漫的民族，更多的是隐忍。中国人习惯向现实低头，为生存而奋斗。对于男人而言，事业当然更重要。有了事业，女人大把，爱情又何足挂齿？如果果真有爱情这回事。几百年前，抑或千年前，生活环境只可能更辛苦，男人们更有理由向现实妥协。

我没有查看祝英台的真实情况，因为相信她会为爱殉情。女子从一而终是古代社会所提倡的，女人殉葬一向是受社会推崇的。祝英台生在富有人家，不需要学习，不需要考取名校也不需事业有成。在这种家庭背景下，她能打扮成男人，混在男人堆里学习三年。可见祝英台为了理想什么都做得出来，也是因为她永远都不必为生计发愁，有这个条件只为理想生活。为生计忙碌的人，虽然往往活得不够精彩，但是基本可以活下去。为了理想而生活的人，虽然可以活得很精彩，往往要牺牲活下去这个基本的生活条件。

如果祝英台生在如今这个年代，她大概是不会殉情的。真爱梁山伯爱到死的地步，祝英台应该会想办法把他搞到手。但是更可能的情况是，在现代社会里，祝英台应该会抛弃生死相许、私定终身的梁山伯，转而答应马家的婚事，甚至去追求马家公子。这故事中的马家公子是位年少未娶的富豪二代。才华、外貌都无记录，也没有必要提及。如今社会，即使马家公子是位垂暮老人，几经婚娶，也许根本就没有离婚，如果能够成功地嫁给这有钱人，祝英台就是当代女人的成功典范。学历、事业、容貌和修养都是为了嫁入豪门做准备。嫁入豪门的祝英台出入上流社会，如果愿意，也可以著书立说成为新的传奇。

如果让我写这个故事，梁山伯与祝英台的故事就会不同。祝英台本是男人，遵父母命，读书得功名，读书时，与梁山伯一见如故，日久生情。内心挣扎，最后破茧而出，临别之时与梁山伯真情告白却被梁山伯拒绝。转身离去，留下梁山伯内心挣扎。后来，梁山伯爱情大过天，决定与祝英台双宿双飞。此时祝英台已决定成全父母心愿，娶妻生子，过正常人的生活。他家真正的胞妹“小九妹”也已许配富豪马家。梁山伯痛彻心扉，忧郁成疾，最后含恨而死。祝英台闻讯震惊，后悔不已，悲伤过度，最后殉情而死。

为什么这么编我也不知道，这个故事情节就在我脑子里转。也许是我怎么也不能理解古代的祝英台为什么女扮男去读书。也许是同性恋情在中国古代被默许，男人爱男人，或者女人爱女人都经常在小说中提及。反而是现在的中国不肯面对，假装没有这回事。

其实我也知道，我是没有资格以自己的现实心态揣摩一对浪漫先人的爱情故事，可能我根本就无法理解爱情的真挚。但是，梁祝本来就是后人加工的，我也是乱说一下。好在是我只是写字，不求被人认同，重在胡说。

再说，童话从来都不是美好的，都是编出来骗小孩的。

我玩故我在

一位马上要六十岁的阿姨退休后迷上了摄影，去大学学习摄影和PS。跑遍青藏高原还不算，在对外语基本一无所知的情况下一个人出国玩了一个月。因为没有语言能力，在网上跟网友纠集的驴友一起玩，负担得起豪华酒店的她也要迁就年轻人，和他们一起住青年旅社。

老太说到她目前忙于做设计图纸，我问她做什么设计，是工程师吗？

老太说："我在帮人家做室内设计的图纸，不要钱的，有多少力气出多少力气，免费服务。"

然后她继续津津乐道，得意之情显而易见。言谈之中不断问我："我现在在玩单反，你懂单反吗？""我觉得我对PS特别有灵感，你知道什么是PS吗？""你有QQ号吗？有的话给我，我给你发照片啊，我拍的照片特别漂亮。前两天下雨，我早上六点从家里冲出去到公园照'雨打残荷'。""我这种旅游方式叫'背包客'，'背包客'啊，你听说过吗？"

我听她讲得高兴，不忍心打断她的兴头，忍住笑，只是听她讲。

阿姨的丈夫是个实权派的高官。这位高官太太不在家里戴着钻戒和其他戴着钻戒的高官太太搓麻将，全世界地跑做祖母级的背包客?!

想起一句网络流行语：彪悍的人生不需要解释。

同一天，看到一位浙大刚刚海归的32岁博士生归国生活工作不顺心，任教三个月之后跳楼自杀。大家虽惋惜不已，却也一致质疑死者的生活态度，感叹死者之前的生活太过于一帆风顺。这么点挫折算什么，比他过得不如意的人太多了，自杀也轮不到他自杀。

我对这位逝者充满同情，理解他长期生活在国外学术环境内再回到国内学术环境的心理落差和种种失意。不能责怪他的不适应，不能因为国内学术天下乌鸦一般黑就说明黑的学术界才是正常。但是，回国是他自己的选择，目前的经济情况美国也不好混，工作也不好找。回国可能是有报效祖国的初衷，也可能是无奈之举。其实如果没有充分的准备对付国内可能遇到的困难，唯一的出路是留在国外。

人生不过是一系列的选择。选择死亡我死亡，选择活着我活着，选择快乐我快乐。外面是一个世界，一个我们不能改变的世界；内心还是一个世界，由我们来决定的世界。只有内心的世界才是真实的世界。

很多人都害怕变老，所以他们变老。年纪只是一个计算时间的数字而已，数字大小都没有关系，谁没有年轻过，谁又不会变老？

布瑞和我

周五，风很大，雨很急，而且周末要加班。不过还是开心，毕竟是周五。

今天因为保安加强，不许外卖进来。布瑞和我在风雨中出门找食。

我说："我们常吃饭的地方开始有'煲'卖了。"

布瑞："你是说，他们有'包子'卖吗？"

我摇着她的胳膊，大声说："不是，不是，我是说'汤煲'！"

布瑞也抬高声音，不满地说："'汤包'也是包子啊！"

办公室地下室被戒严，电梯上的按钮也被锁上。奥巴马的架势真是了不得，别的不说特工就带了500人。很难想象他居然是最近一位诺贝尔和平奖的获得者！难道这些评审团的学究们就是想要把这个大帽子套在他头上，让他不好意思像他前任一样到处派兵打仗？

吃午饭的时候和布瑞一直讨论奥巴马来访。

我说："你说为什么奥巴马出访其他国家都要带着老婆孩子啊？"

布瑞说："我们领导人去其他国家也带夫人啊。"

我说："就是这个问题，他们出访是国事，是工作，又不是串门，为什么要带老婆呢？真是想不通。"

布瑞低下头，认真地想了想，低声地说了一句："可能是……旅途寂寞！"

我一口汤喷出。

要下班了，布瑞补时间多待一会儿，我约朋友晚上来吃饭。我上网琢磨钱钟书，从他的生平、杂文之类的开始看。上一次看他的《围城》还是20岁左右。现在感受当然不同。看他文字，虽然句子构造上有微调，思想结构倒是和我目前的想法很有共性。好像他就是生活在我身边，《围城》只是他的Blog里面的帖子。我们通过文字在不同的时间和空间交流。

这种感觉很精彩，我拉住键盘打得啪啪响的布瑞。

“说不定将来我的博客也能成为可印刷的文字。”我得意地说。

布瑞没有接茬，自言自语地念：“我们常把自己的写作冲动当作自己的写作能力。”“开得出菜单不等于摆得出酒席。”

我知道她在讽刺我，就不答话。

布瑞却还在一旁切实地扬扬得意自己骂人不讲脏话的境界，挑衅地望着我：“是不是觉得我现在讲话一针见血啊！”

最爱笑小姐

上星期五开会，两个老板给每个同事根据蓝精灵的思维方式起了一个外号，还正儿八经地发了一个证书。这两个老板也不知道背地里讨论我们多少次，连外号都起好了。同事们有漂亮的，有聪明的，有努力的，有专业能力强的。

我的封号是，Miss Giggling——爱笑小姐。

还是那句话，实至名归。

兔？ 还是猪？

很晚了，去提款机取钱。猛然看见一只肥大的兔子，黑白花的，趴在暗处一动也不动，也许是一只小猪。提款机下怎么有这个东西？也不知道是什么花样，就不敢取钱。慢慢蹲下来，仔细看，这只亦兔亦猪的东西还是一动也不动，懒得理我。我翻出手机给它照相，它还挺配合。

"兔兔，到妈妈这里来。"一个中年女人走了过来。

"这是兔子吗？它在这里做什么？"我问。

"是兔子，在睡觉。它就喜欢在这里睡觉。"兔主人说。

我无语，带着对这只兔子强烈的崇拜感，转身取钱。

旁边还有一只狗，京巴。再小的京巴也比兔子大许多。京巴被主人松了绳子，一路嚣张地冲过来，边跑边叫，直逼兔子。兔子以静制动，等到小狗冲到眼前，"蹦"的一下跳起老高。京巴一下子就吓跑了。

围观的人起哄，齐齐谴责这只小狗没有胆识。小狗被说得不好意思，卷土重来，又冲向兔子。结果，又被兔子吓跑了。大家又哄笑，然后兔子被搞烦了，默默换了地方，又重新蹲了下来。

我问："现在兔子在做什么？"

"在发呆！"主人说。

我……静静地走开，心中只有一个字"强"。

办公室趣事

一天，布瑞给了我一小袋子小核桃，袋子已经开了口。我正饿，没想什么，接过来吃了。

我问布瑞："杰西借给我的中国地理的书呢，你怎么还不带给我?"

布瑞说："我早上打算放在包里面了，可是包里面东西太多，没放进去。"

看了一眼她旁边扁扁的背包，说："你包里面什么也没有，你怎么说东西多?"

布瑞说："早上有的，两袋牛奶，一个梨，一个苹果，一个芒果……"

"哦……对了，今天早上为什么分给我小核桃吃？完全不是你的性格啊。"

布瑞犹豫了一下，小声说："嗯，当时我……吃饱了。"

又一天，看布瑞之前做的笔记，写得很好，由衷地感叹："你做得真好，有水平，佩服你的专业能力。"

布瑞很警惕："要讽刺我，你直接来，不要拐弯抹角。"

我说："你这人真是难相处，我是真心赞扬你，你还要对我凶。"

布瑞又很得意："我这人是很有个性的，不容易讨好。你可以练练讨好我。要是能哄我开心，你就到境界了，能哄得全世界的人开心了。"

我挥挥手，坐回自己座位："切，哄你开心，还用我费心思？每天早上给你 10 块钱，保证你笑得像花儿一样。"

布瑞立刻语气认真起来："你要练习正面表扬我，不许针对我的缺点下手!"

九　份

九份的夜景，好像灯笼上写的那样——越夜越美！虽然只有数码傻瓜机，但每张照片拿出来都可以做明信片，可见夜色有多美。

我们到了九份老街时已经很晚了。走进一家茶馆，上上下下的至少三四层，错落有致，很有情趣。

说是很快打烊了，主人还是不介意我们进去喝茶。真是好人。点了梨山乌龙和乌龙茶口味的奶酪蛋糕。

茶艺小姐很耐心地教我们怎样倒茶，怎样品茶，各种茶类的区别。一样一样讲，又不强求我们听。又介绍陶器，店的主人，店的历史，不急不躁，娓娓道来。

我们喝茶。外面是绵绵的细雨，眼前是沸腾的炉火，屋内是淡雅的音乐，杯中是淡淡的清茶。烟雾缭绕之间，茶气芬芳。

人生一下子就变得很简单。只要一杯茶和几个谈得来的朋友就够了。

很快到了打烊的时间。也没有人要我们走。楼上楼下，偌大繁华的店里只有稀稀疏疏的几个客人。

我楼上楼下转了一遍，仔细地看了一遍。连艺术品也比台北“故宫”看到的更能打动我心，角角落落的都用心。也许，我是普通人，非富非贵，无法理解贵族们对财富物质的追求。反而是这茶馆，艺术馆的器具，粗陶细瓷更打动我心。

也许这世界从来都不缺少美，可能是我在九份这一夜，提升了自己发现美的能力。

企鹅和北极熊的关系

下雪就乱写了一些文字。

写完以后发给小清新同事叶子。叶子很好心也很可爱地给我回复：“喜欢雪可以去北极啊，那里还有企鹅陪你玩。”

我讲给另外的同事，问：“是我教她还是你们教她的？”

于是同事好心地告诉叶子，“北极是没有企鹅的。”

叶子“哦”一声，又问：“那为什么北极没有企鹅呢？”

我一时怔住，顿了一下，叶子却自问自答：“我知道了，是因为北极有北极熊。”

我再怔住，想了想说：“好像南半球的鸟都不会飞啊。企鹅不会飞，鸵鸟不会飞，KIWI也不会飞，还有一种很像鸵鸟的澳洲大鸟也不会飞。不会飞的鸟只能生活在南半球，也许是因为北半球的熊太多了，不会飞就无法自卫，只好喂熊。北半球有很大的标牌——此处有熊出没。”

然后，我和叶子都为自己的聪明骄傲了半天，好像解决了世界物种进化问题。

不相信童话的人

和朋友去看电影 NANIA。不是我喜欢的电影，情节松散，特技也普通。我一边看一边想它的观众定位，大人小孩应该都不会喜欢看。奇怪的是电影院里还满座。

其中最令人无法忍受的情节是：大海航行的男主角每一次看到陆地都要像《三国演义》里面的人物一样感慨一番："此地凶险不宜久留！"但每次都留下来，而且还过夜。这也算了，还每次上岛都在岛上睡觉，还没有人站岗放哨！这不是等着让敌人攻击吗？关键是这样一群没有危险防范意识的人居然还得到最后的胜利。总结下来，男主角的敌人是真正的纸老虎。

我对一旁的朋友吐槽："这么危险，还一定晚上去探险。还不成双成对地走，要单。最基本的生存规则都不知道吗？"

朋友不耐烦："这是电影！"

泰国游记

热带雨林的暴风雨终于来了。

早上醒来的时候还是很宁静。一边喝咖啡，一边看着一只蜂鸟在院子里围着一枝美人蕉的花苞转个不停。等着它开?

别墅是半开放的，等大风把院子里面的大树吹得四处摇晃的时候，我们把所有可以滑动的、折叠的门都关起来，坐在有空调的房间里面安心地看风景。别墅中间有一个天井，雨水如瀑布一样直泻下来，打在一棵在院子里面做装饰的大盆景树上，又顺着木质的排水系统迅速流走。

雨停的时候，再到外面去看。空气还残留着雨的清新。蜂鸟刚刚光顾过的美人蕉花苞绽放。

热情的管理人把我们送到附近的一个海岸吃早餐，我指着旁边的木瓜树说我可不可以爬到树上采木瓜。管理人说，我们回来的时候，木瓜就会在家里等我们，还嘱咐没事不要爬树。

后来去了一家我们附近的店，半间是文身店，半间是饭店。饭店主人是本地人，又开店又掌勺，文身店主是个本地的珠宝艺人，偶尔可以帮不会讲英文的饭店店主照顾生意。

文身店主说，他全世界走了很多国家，转来转去还是泰国最好，就又回到故土。我倒是很能理解他的感受。退休了可以保留在这里。

饭店的主人是一位极好客的厨师，厨房就在我们旁边，全开放式的。我们可以看他做饭，他也可以边做饭边和自己的朋友聊天，看得出本地人生活的惬意。我们要吃地道泰国菜，他一再和我们讲，饭菜要入味就一定要等时间。我们就饥肠辘辘地等着，还好有看珠宝和文身图样可以消磨时间。

等待的时候喝光了青椰汁，请店主人把椰子打开，用勺子挖椰肉吃。店主抱歉地说这次他手头上的椰子不够年轻，有点儿老，能吃的椰肉不多。我们都连说没关系。

吃得很好很饱的一餐，决定出去逛逛。店主边收拾盘子边用他蹩脚的英文悠悠地对我们讲：“Tonight，BBQ，big prawns and chicken.”奇怪的是他不成句的英文给我们造成极深刻的印象，很相信店主不会亏待我们。

整个白天就是阳光、海滩、鸡尾酒、书本、电脑、回别墅泡水。我在别墅里面抱着游泳圈愣是慢慢自学了游泳。原来游泳的技巧就是泡在水里面的时间足够长。

把冰箱里面留给我们的一只奇大无比的木瓜吃光以后，我还是心心念念想吃水果。于是晚饭前几个人出去找水果，几家蔬菜摊看过去，都说不卖水果。我指着旁边青青嫩嫩的菠萝说，这不是水果吗？菜摊主好心地告诉我，这菠萝是做菜用的，不能当水果吃。原来做菠萝饭的菠萝和当水果吃的菠萝不一样。后来还是买到了水果菠萝和几根本地玉米。

到了饭店，店主人已经在等我们了，算准我们会来。我说要吃烤鱼，他说没有，然后拉着我看比他的手掌还长的虎虾。我说那就这个了，又点了七七八八一大堆。要吃的老板总是摇头说没有，我就说你有什么就给我们吃什么。然后我说要吃玉米，老板又说没有，我说我有玉米，老板就把玉米拿走给我们煮，顺便把菠萝拿过去切好冰冻。

等上菜又等了很久。老板都是现杀，各样饭菜又都很好吃，吃了一样，再上一样。满满一桌子的盘碟，几个人都吃撑了，从后来的照片看，吃得头都抬不起来了。老板又特别准备了汁多肉嫩的青椰。

整个店里面只有我们几个顾客，是常发暴风雨的淡季，岛上的游客少，店主人还是眉开眼笑。也许是我们几个实在是太能吃了，一顿饭把老板的淡季吃成了旺季。也许他根本就不在乎，我们吃饭，他就在旁边边和自己的朋友喝啤酒聊天。

出饭店前，店主又像念咒一样排列他不成文法的英语：“Tomorrow，fresh fruits，I prepare，durian……”一瞬间，我们又被套牢了。

夜色下，在静谧的深林中穿行，我在前面走，娜嘉和 IM 走在后面，她们用德文轻轻地唱一首儿歌。歌曲大概是讲，抓住老鼠，剥了皮，做成钱包，卖了钱，又用钱买了老鼠，然后再循环地唱。有点儿像中国的“从前有座山……”两个二十几岁的人边轻轻地唱边咯咯地笑。

有一种时间和空间的穿越感。

回到别墅，把自己泡在游泳池里消食。泳池边的灯光映得水青绿绿的。天空中微微下着雨，淡淡地扫在脸上。远处的清真寺传来阵阵的祈祷声音，在静谧的微雨夜中。虽然完全不懂，却感受到清真教对心灵的震撼。

不知身在何处，不知人在何年。

生命之苦——我的父亲

一

人一降生，就哭得痛彻心扉。完全不管等待他的众人是不是欣喜若狂。也许人在生命之初还保存着未知的智慧，明白生命意味着重重苦难，先要大哭一场，再去慢慢麻木自己，忘记生命之苦。

父亲睡熟了，安详得像一个孩子，手指在无意识地拨动，越发像一个不谙世事的婴儿。泪水如断线般地在我脸上流下来，像一个看着病痛中孩子的母亲，能感受到的只有心痛。

你睡醒了，望着我，脸庞那么消瘦，眼睛却透彻得像一个孩童。你是一个没有长大的孩子，只会以单纯的眼光看这个世界，永远都把困难留给别人去解决。小时候所有人都喜欢你，长大了你令所有爱你的人头痛。我们性格南辕北辙，永远都没有共同话题，永远都没有相似的观点。我和你是两个世界的人，如果不是血缘把我的生命与你联系在一起，我们永远都不会有交集。可是流在我血管里的血液注定令你毫无保留地疼爱我，我也无条件爱你。

你躺在病床上，望着我，我也看着你。我们像往常一样没有任何语言交流。我找了个借口去拉你的手，你慌张地把手收回。一瞬间的接触，我们像从前一样不肯彼此靠近，却也从未远离。

人生下来就是受苦。你有你的苦头要吃，我也有属于我的份额。

深夜里，泪水肆意，这样我就可以在明天早上带着笑容去见你。只要你能看到我，我都会笑。我的血液里面是你的血液，我要作为你的快乐之源与你的生命之苦抗衡。

你和妈妈打牌，妈妈并没有让着你。我在心里埋怨妈妈真是一个冷漠的人，完全不会哄你开心。

你那么聪明，病得那么重还能猜出妈妈手中的牌，讲话的声音还是那么有底气，像街上自由行走的精壮男子。我一次又一次地怀疑医生的诊断是否真实。

你叫上我和你们一起打，我说："我不和你玩，小时候要你和我玩，你都不理我，现在你想和我玩，我也要报复你。"你呵呵一笑，不辩解，也完全没有在意。我想自己身体里面的不思考的乐天细胞都是遗传于你。

二

我说起昨天晚上和伯伯讲起你小时候的淘气。爷爷48岁才生了你，你哥哥姐姐也都宠着你，你淘气起来简直是惊天地泣鬼神，是无法无天闯入天界的弼马温。你津津乐道你的成名往事，不以为耻反以为荣。你就是你，现在都是那个到处闯祸的男孩。

三

今天你很好，吃了好多，还可以出去走走。只要你吃饭，我就会傻笑。我傻笑，你也会和我一起傻笑。

伯伯来看你，你们长得那么相像，声音也一模一样，脾气却是截然相反。我看见你和他耍赖。他那么疼爱你，他看你的眼神那么温柔，你们的血液也是相通的。

很感激伯伯和哥哥，他们帮我照顾你。我就想，我也要尽我所能地照顾他们，在他们需要的时候帮他们解决困难，让他们开心。

四

我走进你的病房，你就开始流泪。这一次相聚，是不是最后，你和我都不知道。

即使你健康的时候，每一次离开，你都要红着眼睛躲起来。我知道你觉得你亏待了我，因为你，我吃了许多苦头。我看不起你为我的离开而哭泣，宁愿你是一个硬汉。我心目中的父亲是一个硬汉，一只手能擎起半边天。你从来都不是硬汉，但是你是我的父亲，无可替代。

这一次，你在病床上，没有办法再躲起来，只是坐在那里眼睛红红。

我望着你说："一定要坚强。"

你说："好，好，我坚强。"

我说："我去赚钱给你治病。"

你说："好，好，你去赚钱。"

那么一个无法无天的混世魔王，永远只有在我面前唯唯诺诺。你对我一无所知，不知道我每天做什么，朋友是谁。什么工作，累不累。不知道我说什么样的话，看什么样的书，写什么样的字。你只是毫无原则地信任我。

你说想吃灌汤包，我出去买给你。你望着我说："你还带着挎包吗？"我点点头。你接着说："不要被抢了！"我愣了一下，爸爸你知道我已经走过大半个地球了吗？

我出去找出租车，一辆一辆地问过去有谁知道有灌汤包的饭店，终于有一个司机记得一家，答应载着我过去。北方的春天寒意料峭，天气却很好。出租司机很得意他认识路，一边开，一边给我讲笑话。顺便介绍本地风土人情。他认为我是异乡人，我也没有去阻止他的一片好心。

这城市里的男人都像你一样，既热心，又简单。简单到呆傻也不自知，讨人喜欢。

五

妈妈说起今天是我生日。她说她记得生我的时候，树芽从树枝上刚刚抽出头来，满月的时候，满树都是嫩绿的枝叶了。

我告诉妈妈，我从来都不在意自己的生日。

一群亲戚来看你，也是顺便看我。我讲了比一年讲的还多的笑话，把所有人都笑得肚皮痛，也包括你。

出了病房我就开始哭泣，心中充满罪恶感。我觉得是我背叛了你，是我的成长夺走了你的生命。

六

和朋友聊天的时候说到，我从小到大对你一直的失望。他们两个都批评我固执。谁说父亲就一定是一棵大树，就一定要为儿女挡风遮雨？你有权利决定自己怎么生活。而我没有权利要求你成为我的英雄。父亲只是你对于我的一个身份。你是一个人，和我一样普通的人。

豁然开朗。我的成长过程中，你从来都没有要求我成为一个怎样的人，从来都没有过对我成功的期待。我也应该给你自由，让你选择怎样生活，接受你的选择。

人的一生，一样的开始和结束。人，不能决定自己的开始，也不可以改变结局。中间怎么过，总算是自己说了算。

七

说实话，我并不觉得爸爸离开了我，只是不那么容易地见到他而已。反正以前也很少见到他。现在梦里可以见到他，醒着的时候还可以感受到他。我需要他的时候，他就在身边陪着我。还能期待什么？

H7N9 的病毒

清晨，粉红色的芙蓉花盛开。风过，花满地。

三只麻雀在楼门口的台阶上觅食。更远处高枝上有轻快的鸟鸣声，听声不见形。

小区里的鸟是快乐的。唯一需要担心的是不同的品种和颜色的野猫。它们不知道世界上正在流行一种叫 H7N9 的病毒。

我们人类是不是也是小鸟？对浩瀚的宇宙的结构与运作接近一无所知。即使世界末日来临也不会有担忧。只是安心地在自己建立的一亩三分地中安心地守着家人、房子、国家和边境。

无知即无畏。

笑话三篇

竹子的味道

正百无聊赖地逛街，忽然，室友娜嘉对我说："你知道，我一直都想尝尝那竹子的味道。"

我吓了一跳，纳闷着问："什么竹子?"心想这人是没睡好，脑子糊涂了要吃竹子? 然后顺着她的眼光看过去，原来她指的是水果摊旁边竖起的一根根甘蔗。

我笑死了，边笑边说："那不是竹子，是甘蔗（sugar cane)!"

娜嘉明白了，但是还是不明白我为什么笑得那么厉害，说："这有什么好笑的，不过是把西柚错认成橙子一样，错就错了，哪有那么好玩儿?"

笑话第二则

最近看到一个好玩的笑话。

一位心理医生为了更好地了解病人，经常观察病人。一次他看见一位老太太穿的一身黑色，打着一把黑伞，蹲在台阶上。医生也没有打扰她，就照她的样子跟着她蹲着。风吹日晒的，老太太也不理他，他也不打扰老太太，两个人就那么蹲着。等到有一天，老太太终于开了口。她转过身对他讲："请问你也是香菇吗?"

这个笑话让我笑了好几天，还是觉得好玩。说不清楚为什么，也许是因为我喜欢吃香菇。

笑话第三则

昨天上班的时候听见商城的剧院里面音乐声很大，好奇心很强的我和叶子就找了一个开着的剧场的门，溜了进去。

剧场里面的观众席是空的，台上是一个日本歌手，长相很甜美，歌唱得也不错。她在彩排，非常认真，动作和跑场都很卖力，时不时还展现笑容，挥手致意，好像台下坐满了热爱她的观众一样。我和叶子站在长长的炮筒一样的摄像机旁边，感叹这歌手的敬业，连彩排都是真唱。

很明显演出方可以预测什么时候观众会尖叫，会鼓掌。也许实际上观众什么时候怎么做，主办方已经安排好内线。不知道为什么，想起那句话，成功都是留给有准备的人。

下班，特别绕到剧场那边。阵阵欢呼的人群，大部分是热切而激动的年轻男孩子。

这不是一个笑话，就是生活中的小事，觉得还蛮好玩。不知道这世界上还有多少美好的东西是真实的，如果连笑容都可以事先彩排好，那这也算一个笑话吧。

我是天使还是魔鬼

慧霞来上海的时候，照例给我打电话报到。她的生意在浦东，来上海又都很忙，没时间来看我。我也懒得穿过整个城市去找她，就说有时间的话我们周末再见。

下班的时候也不知道哪根筋动了，忽然觉得很想她。于是打电话过去说，还是特别过去看看她。她也很开心会见到我。

见到慧霞的时候，她拉着我买衣服。说是昨天不小心把膝盖摔破，现在好像感染了，要买长裙子遮住。我直接拉她去药店买药包扎，还哄她说包扎好的话穿短裙也很好看，很性感。

半夜的时候，她整个伤口旁都红肿。我出去打车找到24小时药店买酒精和消炎药。消炎药管制，没处方不卖。听我描述过伤口的情况，店里人说，你还是去医院吧。

晚上我睡沙发，她睡大床，第二天早上又强迫她先去医院。结果好好的人走进医院，一瘸一拐地走出来。我把她安顿好，就上班去了，回来还发了个微博。

朋友摔倒，陪她去医院包扎。她一步一步走得很辛苦，一直叫痛。我心疼："你想吃点儿什么减轻痛苦?"朋友深情款款地对我说："我想吃包子!"买了两个热气腾腾的肉包子，我一个，她一个，一边开车一边吃。吃完了，我问："现在感觉怎么样?"朋友哀怨地望着我说："买少了!"

再提起这事情时慧霞还耿耿于怀，因为是我先吃了自己的包子，才给她吃剩下的一个。她觉得自己没有被当病人照顾，很有不满情绪。她那时候哪知道有包子给她吃其实算是照顾她。

去过医院的当天晚上，慧霞发起高烧。我百思不得其解。

尽管说不用麻烦我来照顾她，作为朋友的我还是很仗义地舍弃了自己的周末，穿河过江地去看她。(后来才明白她不要我去是真的为她自己好)

到了酒店，发现慧霞已经被她的属下照顾得很好。药品、水果和饮料都有。我坐下来就吃别人买给她的水果。我也带来些食物，像是薯片啊栗子啊什么的，她怕上火都不能吃，也还是我吃。我边吃，她边劝多吃，说不够吃的话冰箱里面还有。

按惯例我们东南西北地侃大山，侃到半夜两点，完全忘了病人需要休息。侃大山过程中慧霞一直自己试体温。

要睡觉的时候看见她在沙发上很舒服的样子，就说："我去睡床了，你还是睡沙发吧，不用动了。"于是在慧霞复杂的眼神中，我关了灯，上床睡觉去了。

话说，朋友住的是酒店套房，很高档，沙发确实很舒服，我也没觉得自己过意不去。

第二天，有人叫我起床："起来啦，病人都起来啦，要去医院。"

开始实在是起不来，费了老半天的力气脑子才清醒。我伸着懒腰说："这家宾馆的床真是舒服啊。"

于是，被我照顾的病人怒了！

"我们两个到底谁是病人！"慧霞向我怒吼。

我和慧霞先去吃早餐，然后去医院。十分钟应该到的医院，GPS 开了关，关了开，还是怎么也找不到。我们两个一边说话，一边拌嘴，一边找路，一个小时才找到。算了，不说这个了，显得我白痴。

好容易到了医院，这一次，慧霞走着进去，几乎要被抬着出来，痛得完全不能走路和开车。她把车钥匙丢给我，我看了她一眼，摊摊手："不会开。"

于是，被我照顾的病人第二次怒了。但是怒也没办法，于是打电话叫人打车过来开车带我们回去。

我坐在车上很认真地想，认识慧霞这许多年，每一次她生病我都在她身边。记得当初，刚认识她不久，她医院里面病得猪头一样。我那时候被迫学会了开车，不得不去她的医院，实在没有其他人可以照顾她。

我回头对把腿架在后座的慧霞说："我是你的天使，你每一次生病我都在你身边照顾你。"

慧霞对我说："你是我的克星，我一看见你就出事。"

也真纳闷。前几天看见她的时候明明活蹦乱跳的一个人，被我带到医院以后，怎么她路也不能走了，车也不能开了，又感冒，又发烧？

两个人朋友这么久，在一起发生的事情简直就是莫名其妙。拿着剧本排也排不出、想也想不到的都可以发生。慧霞差不多一见到我就开始神经错乱，和我待一起超过几个小时就会做出非常不可思议的事情。

今天顺便发生的事情还有，加油站加油的时候付了双倍的钱，出了旅馆好久才想起来完全忘记退房。我帮她打的两份公司发票的抬头全打错，她要自己掏腰包……

写在后面：后来发展到慧霞不再理我，拒绝和我见面。然而造化弄人，两人偶尔在朋友家碰到。我的出现每次把她搞疯癫，一回莫名其妙跑到化妆间涂了三次腮红，脸红得猴子屁股一样。

大家都说，慧霞一看见我，脑电波就开始紊乱，导致行为异常。

我还是觉得我是她的天使，不大会照顾她是真的，但是可以陪着她，间接导致她的坚强。

爱上一棵树

我的爱太多，多到无处安放。

办公室因为是新楼，又是新装修。在中国，“新”这个字是让人担心的理由。借着净化空气的由头，大家公款私款地买了许多绿色植物。放眼望去仿佛人在植物园的苗圃里面工作。

我桌上有四盆吊兰，坐在旁边的同事有六七盆植物，都养得蓬蓬勃勃的。

角落里还有一大盆箭兰模样却硕大的绿叶植物，因为不知道植物的类别和属性，我给这盆植物起了名字——树。

大型植物是有专人照管，隔段时间过来浇水，剪枝。但是别人座位旁的植物都长势喜人，只有我的树长得垂头丧气，不尽如人意。

后来就决定自己养“树”，大家阻止。“树”有专业人照顾，人家知道该不该浇水，该浇多少水。我这么糊涂的人，好植物也会养残了，何况已经这样羸弱。但是我还是坚持。

每天，工作前都和“树”讲话，轻轻地抚摸它的叶子，对它说：“你要好好地长，我会照顾你的。”

放假前，也轻轻抚摸它，对它说：“我不在的时候，你要好好地照顾自己啊。”大家听到了也会笑。但是因为是我，倒是没有人觉得特别的奇怪。

树就这样健壮起来，枝繁叶茂的。我每天都坐在它旁边，轻轻回头就可以看见它绿色的叶子舒展在那里，像个帅气的小伙子。

我知道它在笑。

很开心。

圣诞快乐

上班的时候，一个外表温婉、内心风骚的同事转发个 E－mail 过来。

Teacher：Can you tell me the name of 3 great kings who have brought? happiness & peace into people's lives?

Student：Smo － king，Drin － king & fuc － king...

我觉得笑话说的好高明，就转发出去，结果群众反响热烈。

中国人说：人生在世，吃喝二字。中国的藏族哲人仓央嘉措说得更形象：和有情人，做快乐事，管它是劫是缘。

在人生真谛的关键点上，中西文化难得如此互相包容与理解。

我的不靠谱的名声

朋友晚上打电话过来，说是有一件急事要我帮忙。我当时不是很舒服，说话说不清楚，脑子也发晕，上班都是勉强。但是朋友是一个温文尔雅的女人，从来没有这么着急过，想必是实在没办法才找到我。我说尽量不要用我，但是没有办法的情况下，我也会帮忙。

朋友："那好，你今天早点睡，明天会有精神。"

我："好的。"

朋友："嗯，最迟你也要8点起床，我们到时候看情况再定？"

我："好，你到时候可以打我电话。"

朋友顿了一下，说："嗯，那你明天要接电话。"

我："好，我不关机，也不调静音。"

朋友："哦，那你手机要有电。"

我："好，我保证手机有电。"

朋友："那我明天就早上8点打电话给你。你一定要早睡！"

我："好，我吃点东西就睡觉。"

好容易挂了电话，我正在检讨自己不靠谱的名声，害朋友平白要那么担心。

表弟打电话过来给我他的账号，因为之前承诺妈妈替她付若干钱给姥姥过生日，妈妈遣表弟和我要钱。

表弟："大姨一定要我打电话给你，说如果不打电话，你过了年也不会记得转钱。"

我："好，你把账号短信给我好了。"

表弟："嗯，大姨说一定要你在电话上重复一下账号，要不然你会搞错。"

我："好，你现在发过来账号，我电话上重复。"

表弟顿了一下：“嗯，姐，我不明白你真的有大姨说的那么糊涂吗？”

我：“是的，难得糊涂嘛。”

表弟停顿的时间更长了，简直是在电话另一端沉默：“姐，你知道你一直都是我偶像吗？”

我：“嗯，基本上……不要崇拜姐。”

从来处来，到去处去

小时候农村人自己种地、养鸡、养猪。自给自足的同时，还能把多余的蔬菜、肉蛋攒起来换点儿生活费补贴生活。农村人过得安逸，城里人也自在。后来，种菜、养鸡、养猪都产业化，即便是农村的自己的承包地，也是一样的施化肥。市场上全部是催肥后卖相各式的蔬菜、鸡、鸭、猪、牛。小作坊不见了，不管是牛奶，还是豆浆，人们都涌入超市买大品牌，即便这些流水线生产出来的品牌要比自己本地产的农产品贵得多，人们还是对那些千里之外运来的包装精美的农产品趋之若鹜。去大超市，买大品牌才能体现高尚生活品质。

渐渐地，城里人意识到流水作业生产出来的各种看起来很美的农产品，既缺失营养也没质量保障。一批一批城里人到农村去吃绿色农产品，本来最不值钱的路边摆摊的农产品，盖上了有机的标签以全新的包装和高端价位重返市场。农村有专产绿色蔬菜的生产基地，专养走地鸡和营养鸡蛋的农场，城里有专营有机农产品的品牌店。消费者花大价钱还都觉得物有所值。只有买到根上有土、叶上有虫的绿色食品才对得起自己的身体。难道大家都忘了这些东西都是曾经被城里人嫌弃、淘汰，曾经随意摆在路边，筐筐篮篮里面的蔬果？

曾经被我们淘汰的时装款式、风俗习惯也都稍稍变装卷土而来，重领风骚。被中国人推崇到泛滥的 LV 推出了以中国农民工随身携带的蛇皮袋为灵感的高级时装和配件。更为高端的爱马仕更是把早年间中国女人给她们男人大棒编织的高领毛衣原封不动地搬上他们最新发布的 T 台。有钱国人傻掉了，花了那么大价钱不管不顾地买品牌就是为了与众不同，和穷人区别开来。这些大牌却以被人最不屑的社会底层元素作为设计灵感，提醒有些人内心最深处的恐惧——再多的钱也不能改变自己是谁，还是那个半脚踩在泥土地的小人物。

如果一开始就坦然接受自己呢，生活是不是就会简单许多？

从来处来，到去处去。

两个傻瓜的爱情

朋友向我抱怨两个傻瓜的恋爱，气恼不已。总结成一句话，完全不符合物质基础，不考虑实际情况的苦恋。明明不可能有结果的事情，想也不想就要不顾一切地在一起。

“两个人都是傻瓜。”我同意她的看法。

“那我要不要劝劝?”朋友问我。

“不要劝，人总是要傻一回的，你劝也劝不住，还结了怨。”

“是啊。要是有一个人清醒一点儿也是好的。”朋友叹了一口气。

“爱情就是两个傻瓜在一起才能产生的感情。”我笑。

朋友也笑起来，点头同意。

“其中有一个脑子清醒也爱不起来了。”我说。

“那你完了，你思路那么清晰。”朋友说。

“我还没有遇见那个让我脑子不清醒的人。遇见他，我也就变成傻瓜了。”我说。

我和叶子二三事

金刚芭比

刚刚做好头发的时候，满头都是卷，我都要哭了。发型师安慰我说，这个发型就是他们追求的效果，别人想要这个效果都没有，这叫——芭比发。

我哭笑不得，和叶子抱怨：“你说说看，我哪里像芭比？”

叶子想了半天，灵光一现：“我看你像芭比，金刚芭比！（KING KONG BARBIE）”

五音不全

我五音不全是出了名的。

上班的时候和叶子闲逛，我在走廊里面哼着歌。哼完了以后自己笑自己：“一个音也没唱对，太惨了。”

叶子说：“你的朋友和你唱完卡拉 OK 以后，还和你保持友谊，他们真是伟大。”

我不屑：“切，听完我唱歌，都会爱上我好不好？”

自说自话

我在卫生间边洗手边抱怨：“啊呀，真是累，我眼睛都累花。”

叶子对着镜子：“就是，我眼镜也花了。要赶快拿布擦擦。”

我摇摇晃晃扶着墙向办公室挪过去，说：“我今天一定要走回家，让头脑清醒一下。”

叶子积极回应：“就是，我今天也要早回家。”

我和叶子经常一起讲话，但是经常是自己讲自己的，话题都不搭，只是两个人凑到一起而已。

偶遇

和叶子倒水。她和我说起星巴克买的 instant coffee，旁边进来一人听到我们谈话，误听成 eastern coffee。

于是从 instant coffee，说到 eastern coffee，说到 middle east，说到 easter，说到 easter bunny，说到耶稣，说到十字架，说到耶路撒冷，说到耶稣复活，说到圣诞，说到圣诞来源，说到宗教，说到各种宗教，说到各种宗教到底是大同，还是大不同？说到上帝穿什么衣服？

谈话一共进行了大约十分钟的样子，节奏飞快，极其烧脑。

然后，然后，几个人端着各自的咖啡，该干什么，就干什么去了。

削梨

我站在水池边上用削皮刀削梨皮。我指甲长，手又笨，削果皮这么细致的活儿不擅长。

叶子看我笨手笨脚，说："你看你，梨也削不好。我来！"

我把果皮刀和梨都给她。自己去洗盘子，收拾台子。

过了一会儿，听见后面的叶子抱怨："这梨真是的，皮这么难削！"

换个角度看问题，结论就是不一样。不过也就是叶子和我一样笨手笨脚了。

有关龙的传说

外面下着冬日的冷雨，几个人都打定主意，打死也不出门。坐一起喝咖啡，聊天消磨时间。快过年了，就聊过年。两个人好不容易抓住个中国人，这下可以问个清爽。

“为什么只有龙年没有凤年？”M 问我。

“龙和凤虽然都是虚构的，但是中国的传统是重男轻女。给龙算一年，没有凤什么事情。”我说。

这样说其实毫无根据，不过关于十二属相的故事大部分都是以讹传讹地流传下来，即使是我多编一个故事也无伤大雅。

“既然没有凤，为什么有鸡（chicken）呢？”M 又问，也难怪，一般来讲，大家都当鸡是雌性的。

“那不是鸡（chicken）。”我解释，“是公鸡（Rooster），还是雄性。”

这个答案又是没有切实根据脱口而出，稍稍有些惭愧自己的知识面。不过我没有学问大家都认同，丢脸这回事也就不放在心里。印象中，鸡年的标志都是雄赳赳的公鸡，从来不是会下蛋唱歌的母鸡，也许真的没有母鸡什么事情。

“中国应该有熊猫年，那该多欢乐。”说起熊猫，M 脸上都是向往，只要是非中国人差不多都以熊猫做中国的标志。中国人，也是对熊猫万千宠爱集一身。熊猫年的提议真是不错。

“熊猫又懒又馋，脾气又凶悍。古代中国，这么没用的动物，没有人把它当宝贝。所以它本身也会临近灭绝。12 生肖里面都是对人类生活有影响或者受崇拜的动物，比如家畜家禽。至少比较常见。”我解释，当然还是乱解释。

“那猴子呢？”M 还是盯着问。

我终于被问倒了，这个老外对中国的生肖了解还真多。

“呃……”我顺便打了个马虎眼，混了过去。

“龙是男的。那女的龙呢？”M 又问。

“龙没有女的，都是男的，生的小朋友也都是男的。”我说。

“都是雄性，那龙和谁生呢？”

“也许像孙悟空一样石头里面跳出来的。”我说，M 不知道孙悟空是讲谁，但是很知道 Monkey King，也知道这个猴子是从石头里面出来的。于是兴高采烈地讲起 Monkey King。

剩下我自己纳闷，龙都是男的，和谁生的龙宝宝呢？怪不得龙生九子，各有不同。原来，爸爸都是龙，妈妈可就不一定。

话说，龙的九个孩子不但长的不一样，而且担负的职责也大不相同，有的就可以飞到皇家的屋檐上，有的就要在寻常人家混日子。也许是和每个龙宝宝的妈妈的出身和外貌有关？那个有龟壳的龙，难道是和乌龟生的？

也是，从古至今，做什么都要讲关系，看来头。

剪 头 发

回家路上看见一家装修还不错的发廊，就走进去。说得清清楚楚，只要洗剪吹，剪也是修一修就好了。

服务很好。还没剪，发型师看我一眼就说：“头发太干，需要保养。”我知道他要推销，就说：“一直这样，没救。保养没用。”倒不是敷衍，是我从小发质就不好，怎么保养也是治标不治本。

发型师说：“看你的头发就知道你从来都不保养。”

“是的，我不保养。”随便他说，反正头发是我自己的。

剪发中，发型师一副遗憾的口气感慨：“你看，经常又烫又染，头发都毁了，太不珍惜。”

我实在忍不住，就解释说：“我一年都没有染烫过头发，连洗完头都不用电吹风，全是自然干。”

他也就不再说了。

剪完了，我就谢谢他，很客气地说剪得好。

他抓住机会说，“你现在的头发应该染色才好看。看，之前染的都褪色了，所以看起来头发太干。应该再染一次颜色，那你的卷发发型才自然。”

我忍着内心的抓狂，礼貌地说：“这是我自己的头发颜色，不是染过的又褪色。卷发也是自然卷，不可能再自然！”

这理发师先是告诉我头发烫染过度，需要保养。接着又劝我继续烫染，这样发型才自然。

人生处处皆学问。虽然赚钱很重要，毕竟要有逻辑才好。

我的男人

认识小远和一见钟情的感觉差不多。尽管说一见钟情并不合适，不如说是一见如故。因为小远虽然是男人，却是一个喜欢男人的男人。

我和小远就是在饭桌上认识的，没什么特别的，朋友组织的饭局。吃了半天饭才想起互相介绍。还没说上几句话，就能自然而熟练地互相取笑和攻击弱点了。

对于我，人就是人。不分男女，不管丑美，无论取向。我只看心。

把小远介绍给其他朋友的时候，我说："这是我认识最好的上海男人。"也是因为小远的缘故，我对上海男人的信任感和好感都急剧上升。

小远问我为什么。

我说因为他有一双善良的眼睛和一张温柔的脸。我只看他的脸就知道他是个好心的人。何况他真的是一个好人，非常善良。

"你为什么这么好，是真的还是假装的？"我问他。

小远说："你喜欢我怎样？你希望我是真的，我就是真的；你希望我是装的，我就是装的。全取决于你对朋友的取舍标准。"

我说："你是真的好，我喜欢你。你是假装的好，我也喜欢你。"

小远就说："其实阳光只是表面，我有一颗黑暗的心。"

我大笑："正好，我也是。"

我们是不同性格的两类人，除了都喜欢男人，都不喜欢上班，就没有什么共同点了。关于共同点这方面我还认真地挖掘过，很快就放弃。与我脾气不能相投，这也不能怪他。

还好性格不同的人，还是可以做朋友。真善这个东西，我欲求而不得。一旦看到，就不舍得放手。

这次见到小远的时候，他病得很厉害。我说等我的腿好彻底了，方便走路了，我就去他家给他煲姜汤。

当然，他的感冒如果不好，我的腿也是不会好的了。

好容易 Blog 里面写了一个男人，而且是单身的男人，不仅算不上我男人，还要和我争其他男人。

缘分这个东西，本来就是不可预测，更不能控制。我只好一个人呵呵地傻笑！谁让我喜欢一个人傻笑？至少我能接受自己生活在一个真实的世界。

男人，奢侈品

电话打来的时候，我正拿着钥匙开门。另外一只手里提着准备晚上吃的蔬菜，一只西葫芦，一颗土豆，一颗青椒，半截藕和一条长得很奇怪的紫色茄子。我开门的时候心里盘算着成都带回来的有着漂亮包装和浓烈味道的青花椒。

一边接电话，一边开门。“找我做什么？”我问。

“烦！”

“出来吃饭？”我漫不经心地说。

“没胃口。”

“那一定是出了大事了。我们还是出来吧，你少吃一点儿，我只想吃青菜。”

“好。”

坐在朋友面前，从看见她，走到饭店，又到进了饭店，到点菜，她都一直在电话上。一直在听，偶尔说上两句。

点了蛋黄南瓜，酒香草头，干煸四季豆，想了想，又加了茄子煲。不能亏待自己。

我对店员说：“就这些了。”

店员是男的，疑惑地对我说：“都是素的啊？”

我想了想，要过来烧烤的单子。看了半天，指着单子说：“再加两个烤玉米。”

店员这次什么也没说，直接走开。

很快菜就上齐了，过了一会儿烤玉米也上来。

朋友还在打电话。

我一个人吃，一直到吃完了玉米，半盘子四季豆，半盘子酒香草头，一半的茄子。

撑死了。没事做，接着吃。

她还在电话上，终于开始讲了，讲了没有三分钟，眼睛红了，声音也颤抖起来。我递过去纸巾。人还是埋着头吃。

男人是奢侈品。这样一个美丽的女孩子，身材好，性格温柔。会赚钱，会持家，还会付出，会支持男人事业。还不能令他满意，还要把女孩子气到哭？到底他要什么样子的女朋友，到底怎样做才能让他满足？也许这样的男人一个女人是买不起的，只有一群女人才出得起价？

和南京西路一家家的光鲜动人橱窗里面的奢侈品牌一样。奢侈男人不管是不是物有所值，只要品牌树立起来，价格是一样的高不可攀。

吃完了这顿饭，我明白了，即便是美貌与智慧并重的女人也还是消费不起价比天高的奢侈品男人。像我这样外貌渐老，身材见胖，神经大条，身无所长，背景全无的女人大可调整心态接受现实，老老实实地过日子。

当然也许是朋友选的男人不对，放着性价比颇高的男人不要，一定挑战奢侈品。代价一定是相应的，也许这就是所谓爱情。不过各人过各自的日子，我没有资格评价别人的选择。

大家眼里的佳肴固然看起来好，闻起来香，吃起来可口。但还是粗茶淡饭才适合我的胃。

文艺星人出柜

几个人在厨房间里面吃饭。天气很差，所有人都无精打采，默默地一口一口地吃着自己碗里面的饭菜。

“这个阴沉沉的天气，世界末日一样。周末的出行计划都取消了。”同事感慨地说。

转头看了一眼窗外，中午的时间，天色却暗得和傍晚一样。对于我，这灰蒙蒙的水汽中另外蕴含着一种深沉的大气。

我说：“其实我挺喜欢这样的天气。”

叶子接我的话：“那是因为你老家来人接你回外星球了。”

我们一起笑。我一向都被当作外星人的，也许本来我就不属于地球。

我问：“你们看过《黑衣人》第一部吗？”

两个人摇摇头。

“里面的一个女孩子是外星球逃到地球的公主。她说每次下雨的时候她都会哭。后来别人和她讲，那是因为她每次哭的时候，天都有感应，才会下雨。”

这时两个同事都停下筷子，望着我。过了一会儿，又问我“这是怎样的一部片子？”

我大概说了说，WILL SMITH 主演，已经有三部。奇形怪状的外星人，血腥肉麻的动作片，然后我唱了经典歌词“Who let the dogs out？！”又学了几声狗叫。

同事满脸疑惑地看着我，这么恶心的电影，你刚刚怎么形容得像一部爱情片一样浪漫伤感？

我说，我这个人内心文艺吧。

这是我第一次在公开场合承认自己文艺。

一直很抗拒人家说我是文艺青年（其实现在还是不喜欢）。作为一个长相五大三粗、性格离奇暴躁的东北女人，说我文艺听起来就像骂我一样。总想当场回一句："说谁文艺呢，你才文艺！"

同时还特别不屑自称文艺青年的人，看见就想鄙视——自恃清高，矫情、做作、空虚，最重要的是无聊的长泡泡。想来这种不认同的感觉就好像没有"出柜"的同志哥们对已经出柜的同志哥们抱有嫉妒、羡慕、恨的感情一样。说到底是缘于自己心中的羡慕。

有一天，一个朋友评价我正在写的小说太平淡，刺激到了我，让我有了出柜的想法。

"平淡得让人发疯。"用他的原话说，"你平常的二傻风格不是很好吗?"

天塌下来也傻乐的一个女人怎么写出来这么淡得出水的无聊故事，确是一件难以令人理解的事。

"这个也是我啊，是我隐藏起来的自己。"我试图解释。

"原来你人格分裂?"

"不是分裂，都是我，不同层次而已。我有强烈的表达意愿，想把这个不见天日的自己表达出来。但是我写得很痛苦。"

"硬扭着自己的性格，用别人的风格写文字是写不下去的。难怪你痛苦。"

到最后，人家还是不信我也有敏感的一面。

回头看看我的博客，都是一些无厘头的笑话。也都是实实在在的我，一句话也不假装。

认真思考后决定写一个文艺点儿的东西来平衡一下自己的博客风格。不过写完了发现文艺的东西真无聊，只适合自己偷偷地写，写完以后丢在一边。要当从来没有发生过。

虽然自知写不出文艺风格的博客，还是要勇于承认自己文艺青年的那一个层面。无聊是真的，平淡也是真的，慢慢品味这平淡中的酸甜苦辣的我也是真的。

啥也不图，就为了活个真实坦荡。

我是你的眼

空气是温暖的，温暖中带着一点儿甜香，春天的味道。

今年的春天姗姗来迟，令人格外珍惜。今年春天好玩的事情也特别多。

去好久没去的小区菜店买菜。春天来了，青黄渐渐接起来，又可以买菜了。只喜欢买当季的菜，就什么菜最便宜买什么的基本原则。一直喜欢吃的毛豆卖光了，就转来转去看看随便买点儿什么。

我戴着太阳镜，懒洋洋地背着一个布面大挎包。我一边转，老板娘在旁边一直盯着我看。我注意到了她看我，没在意。

老板娘还是没忍住，她问我："你是演员，拍电视剧的吗？"

我愣了一下，就笑："是说我戴着太阳镜有明星气质吗？"又赶紧把眼镜摘下来，我很怕人家说我长得好，也许是自卑。

老板娘说："不是！问你是拍电视剧的吗？我在电视上看见一个人长得和你很像。好久没看见你了，我想着你是不是去拍电视剧了。"

我这次笑得不得了。很多年前好些人说我像李若彤，我倒是很喜欢李若彤，有一种不染尘世的干净。但是不觉得她是美女，所以也不会抱怨自己像她。不过这么多年过去了，我的样子也变了，清纯不见了，沧桑满面，更多像三毛吧。

"你说我像哪个明星？"我好奇起来。

老板娘就在那里上网给我找，菜台上有一部 iPad。居然是泰国电视剧，叫《你是我的眼睛》。老板娘特意找到那演员和我扎着一样斜辫子那一段。看看她，又看看我，连说像，还说一模一样。

我有点儿晕，自己看当然是不像的。

"你听得懂吗？"老板娘指着 iPad 屏幕。

"听不懂，老板，我不懂泰国话！"我笑。

“你们不仅长得一样，发型一样，讲话声音都一样……我看见她就想到你。”她还不死心，好像我特意隐姓埋名在这异国他乡的小区里寻找普通人生活似的。

这演员长得很可爱，也算不上美女。从这点来讲，也有可能像我？不过这女孩很年轻，大概20岁都不到，这一点倒是让我开心得不得了。

老板娘和我讲了一大堆有关这连续剧的事情，大约是很好看吧。不过言情剧实在不是我的那杯茶。我有一搭没一搭地听着，偷偷地想老板娘可能看电视看入迷了。

不过菜店老板喜欢我也不是坏事情。她会把我买的南瓜都切好，我回去可以直接煮粥。

森

同事杰西购物回来满载而归，最吸引我的却是她手里面装衣服的购物袋。暗色的牛皮纸配白色的肩带，我喜欢的简约风格。

我想："要是布质面料就好了，可以当作环保袋。"于是决定自己做一个，杰西热心地帮我上网看布料，还特意买了缝纫机。

人都笑我是疯了，为了一个包去买缝纫机。只有室友娜嘉坚定地支持我。一直以来不管我做什么，她都支持我。

缝纫机买来，当天就坏了，用200块买了一个将就，不坏才怪？

折腾了半天，修好了机器。从来都怀疑自己四年的工科大学背景的意义，这一刻终于看见价值了。

然后，真正的问题出现了。

一块布，怎么折，怎么剪，怎么缝？我才记起自己对缝纫一无所知，白纸一张。傻傻地盯着缝纫机呆看了一会儿。该干吗干吗去了。

第二天去裁缝店。拿着布料，对阿姨讲了我的设想，希望她帮我裁好，我回去缝。阿姨拿着布左看右看。说半块够一个包了。还说，自己做不好，回来和她学。

其实没有听太懂她讲什么。拿起布来折折叠叠，边做边琢磨，似乎也出乎意料地顺利。就这样一件一件地接着做下去，从来没有设计图。只是拿着布看，想要做的东西就在我脑子里面出来了，也不明白是怎么发生的。

把照片传给妈妈看。妈妈夸奖："女儿，你真行！"

长这么大，妈妈第一次夸我。隔着电脑和网络，我看到了她的感动。

我妈妈和她的妈妈都是心灵手巧的女子。而我以神经大条，迷迷糊糊，笨到古往今来无人能出其右而出名。她是好妈妈，我是好女儿，但是我与她是两个世界的人，各走各路，无法沟通。

一台缝纫机，让我们找到契合点。虽然从来没有学过，但是有信心我一定会做，只因为我的血液里面有她的心灵手巧的基因。

杰西说：“有很多人好像到了高龄才发现自己真正的天分。你就是那些人其中的一个。”

谁在乎我有没有天分呢？如果手工能让我表达，让妈妈开心，让我们互相理解，让生活更精彩。我就一直做下去。

亚麻布，会对我说话。

我是谁?

一天，慧霞看了我一眼，说：“有时候真想把你的脑袋切开，送到实验室去研究。看看里面是什么。有时候让人哭，有时候让人笑。”

我说：“那是因为你不知道我在想什么。下一次，我想什么，我就说什么。你就不用切我的脑袋了。”

慧霞这次头也不抬，愤愤地说：“你什么也不想，你的脑袋什么也不想。”

不愧是朋友，真了解我。

靠谱女说：“人家都讲‘2B 青年欢乐多，精神病人思维广’。你就是那个欢乐多、思维广的人。”

我点头同意，不愧是我同事。日日相对，终于相知。

我什么也不想，什么都想。我不想别人都在想的事情，我想别人都不想的事情。

总结下来，我就是一精神病人。

又一天，同事过五四，放半天假。我没有份，因为我不是青年。

我很不以为然，大声挑衅：“谁没有年轻过，谁又不会变老?”

叶子说：“五四不是你节日，六一才是你节日。”大家一致同意。连我也决定六一那天给自己放假一天。

昨天看见慧霞，慧霞又说：“你啊，只是看起来成熟了，内心一样天真，一点儿没变!”

我知道她是抱怨我，成熟的外表，幼稚的内心。

可是我怎么听，怎么觉得她在夸奖我!

还有一天，我和几个同事出去唱 K。只有几个人，又都是相当要好的。我就尽兴地玩了一次。

沙利姐把其中三段录了下来，据说她为了保证画面质量，憋笑憋出了内伤。

第二天上班吃饭的时候，大家竞相传阅，无法相信画面是我。有的说要把我送到演艺圈，我有各种演技，必火无疑。有的说，直接包场地做表演，他们卖门票，加收小费。

一群人坐在桌子旁看得起劲儿，谈论得热火朝天，不出声的只有我一个。我默默喝汤吃饭。

她们好奇，问我为什么这么淡定。

我说："我一直都知道我什么样子。我对我自己没有任何的新奇感。"

"那你上班的时候怎么这么严肃认真，完全不是这个样子？"

"装的，"装淑女这回事儿，我要多擅长，有多擅长。不过把自己关起来写小说的时候，差不多是世界上第一无聊枯燥人。这么说来，也许我才是真正的淑女？

"那你上班的时候也像唱歌的时候热闹一点儿多好，大家都多些欢乐。"

"嗯，那实在太可怕了。"那情景，我不敢想象。

关于公鸡、 母鸡和鸡蛋的对话

今天做操的时候，讨论了些话题。领操员得了牙病，不能出去相亲，我的话题就开放了许多。

是从书记在瑞士和牛的合影开始的，她说起瑞士的幸福生活、在瑞士幸福的牛，然后谈到瑞士的鸡。鸡场里面的鸡也是有固定时间出来放风的，和我们做工间操一样。

然后我说到国外的鸡。他们的小鸡生出来的时候，农场主只要母鸡，基本不要公鸡。多出来的小公鸡就被丢弃，各自凭命。被丢弃的小公鸡如果命够硬，吃吃虫子和果子什么的，也能长大。大环境好，还是有生存机会。如果碰到其他同样被遗弃的小鸡，还可以结伴一起长大。成群结伙一起到国道边游客集中的地方搞搞基，做做黑社会，抢劫或色诱路过游客，都能混上不错的吃喝。所以国道开车的人在路边休息的时候就能看见一群群的公鸡。

群众现场提问："你说的这个鸡是鸡吗？又成群结伙的，又到游客集中的地方，听起来比较耳熟。"

我接着说："是鸡，是公鸡。偶尔还会有一只两只母鸡被误丢弃，混入其中。"

群众就说："那母鸡就可以当妈妈桑了。"

然后我们就母鸡和蛋讨论起来了。我给大家解释了处女鸡蛋和受精鸡蛋的区别。处女鸡蛋是我们吃的鸡蛋，受精鸡蛋是可以孵小鸡的鸡蛋。

群众提问："那么，你怎么知道是可以吃的鸡蛋还是可以孵小鸡的鸡蛋？"

另有围观群众答疑："有公鸡才能受精啊。"

提问群众不满意："你出门了，公鸡趁你出门的机会来了又走了，你怎么知道有公鸡存在过？"

我答：“我不知道，鸡知道！母鸡是知道鸡蛋里面可以孵小鸡的，母鸡的表现是能看出来。看出了特别的表现，人也就知道了。”

大家释然。

群众又问：“那公鸡是怎么给鸡蛋受精的呢?”

我愣了一下。看得出群众的求知欲是很认真的，是真的不懂。我就笼统而形象地解释了一下，大家的理解力都很好，不问了。

发现城里长大的孩子果真没有任何生活经验。

彪悍丈母娘

AX产假归来，不改她语不惊人死不休的本性。本来不喜欢小朋友的她，有了自己的小朋友也是母性大爆发。我坐在她旁边，经常有肥妹的照片看。

“啊，我们家的肥妹最可爱啦，是不是?”她得意，小朋友真的可爱。

“啊，我要把她教育好，吃好穿好，绝对不让她受罪。”她常说。

“我们男人也不要，就养她一辈子。”有时候她这样讲，她没结婚之前，是“男人靠得住，母猪也上树”的理论的坚决拥护者。

大家就问：“你不让结婚就行？人家自己要结呢?”

“那他就要对我们肥妹好！啊，我们家要钱有钱，要房有房，还有彪悍的丈母娘！要是敢对我们肥妹不好，回家！今天就离婚!”

我们都暗暗地为她未来女婿捏把汗。

不能地上打滚

张寒看见我手里的咖啡，问我："厨房里面人多吗?"

我说："人多少看你需求。你要去厨房打水喝，人就不多。你要去厨房打滚，人就比较多。"

他说："打滚要在家里。还要在床上才能打。"

我一听，还以为他要讲黄色笑话，想想又不是他风格，就问："为什么不能在家里的地上打滚?"

"因为地上脏。打滚会被老婆骂。"

我一时愣住了，不知道说什么好。

他接着解释："我老婆觉得，地板再干净也脏。打滚要弄脏衣服的。"

我佩服得无体投地，听老婆话的男人典范在这里。

孤　独

暴风雨前

在床上看书，窗外飞来一只小鸟。
我看看它，它看看我，
我对它笑笑，它歪歪头。
它飞走了，
我还在。

悟

除了生与死这个难题外，
所有的困难都是能够解决的，因为困难就是用来被解决的。
只要相信。

寂寞

如果看得太清楚，人生就会寂寞。虽说寂寞也不错，不如不寂寞。
所以要活得“难得糊涂”才好。

醒来以后

醒来我想，一个人，不思考，就不会反省；不反省，就不会进步。
一个民族也是。

睡觉之前

睡觉之前，我和朋友讲，我的欲望点太低，对生活要求太少，因此特别懒。做什么都没有动力。

朋友说："人一定要有欲望。欲望是推动社会和人类进步的动力。"
我才想起来问："社会和人类为什么要进步？"
朋友拒绝回答我的问题，或者她并不懂怎样回答。

在黑暗中

正在不开心的时候，娜嘉敲门送我冰激凌。
我在黑暗中想：
这世界，阴阳平衡，正负逆转。有冷漠就有温暖。
有折磨我的人就有关心我的人。
如果有一天，有人恨我，那一天，也会有人爱我。
不怕被折磨，期待被人憎恨。

圣女最后的选择

群众每天早上和下午都要在休息室凑在一起自发组织做工间操。也不为锻炼身体，就活动活动老腰和肩颈什么的。

参加做操的有时多，有时少，我也是一个三天打鱼两天晒网的。领操员却始终是同一个，就是本文的主角——辰辰。

话说辰辰年龄本不大，在这个大龄女青年乌泱乌泱能挤出水来的魔都实在算不上剩下来的。辰辰被挑出来写主要是因为她恨嫁，一直很努力地相亲。以至于我们身边只要适婚年龄男青年，总是第一想到她，想到给她过过目再估价卖给别人。

辰辰做人大方，十分坦荡，相亲前汇报，相亲后总结，样样都不介意和大家分享。于是做操也成了大家的开心一刻。

辰辰讲相亲故事很投入，一旦开讲，往往就同一动作重复数十次而不换，我们也就跟着一组动作数十次。

因为相亲故事实在太多，多得会喧宾夺主，就此略过两万字……

今天的话题是我引起来的，因为昨天随便发了个微博，感慨市面上的男同志都多努力地给自己找男朋友，理论与实践样样都比我们用心深，功夫足。辰辰在下面回复彻悟，我就有点儿担心。说者无心，听者有意，怕我有口无心的话会误导人家小姑娘美好前程。

于是今天做操的时候我就趁机说：“你没事要出去约会，不要在家‘彻悟’。这种态度可不行。”

那群众就围观，追问缘由。了解之后有各自感慨。“你看，单身女人不但要和女人争男人，还要和男人争男人。怎么办?”

辰辰就豪迈地说：“那我就走最后一条路——上华山，出家。”

于是围观群众更是议论纷纷，讨论各种可能性。

青年才俊，后起之秀超人男就说：“现在当尼姑要硕士文凭的!”

辰辰胸有成竹："这个我有，还是英国的。"

超人男就接口："那你上山时带个牌子，牌子上写着'海归女硕士，看破红尘，走上华山一条路！'"

围观群众纷纷赞好，这就把气势烘托出来了。

路人甲（就是我）提醒："也不是所有道士都是清净的。很多房中秘方什么的都是一些道士研究出来的。也许你上了山还是离不开男女情事。"

（注：对"道"本身的博大精深我一直都臣服。道士选择怎样修道也纯粹是个人选择，无所谓对错，不予置评。毕竟一样米，百样人。）

思维缜密、行事稳重的凯主席就比较周到实际，单手一挥："既然山都上了，那干脆再立起大牌子，华山顶上擂台招亲！"

唉，明明是想开了上山断红尘，为什么又招起亲？不过一不做，二不休。话题一开，广大群众就振奋了，把可行性讨论起来。连日子也选好了。农历七月初七是正日子。凯主席自封策划总监，主要任务是拉赞助。

话说主席的外号不是白来的，马上着手计划做小广告。清晨，傍晚，组织单位中的漂亮小姑娘办公大楼里面闸机口站一站，发传单，吸引一点儿优质男。又当即任命青年才俊超人李为执行总监，再把小广告贴到外面去，提高知名度。

群众纷纷表态表示支持。

布置好任务，主席又陷入深思："唉，现在赞助不好拉啊。都是要植入性广告。这要好好策划才行。"群众被主席的日理万机而感动。这个时代谁最累？领导最累！

自始而终没有被分配到任务的路人甲（我）也自告奋勇做随行记者，写一篇软文扩大影响。虽然是软文，却是忠实记录。

写到最后才发现，主角辰辰基本没怎么发言。她本想横下一条心去华山出家，不知道怎么变成了七月七招亲，还顺便带动一片婚姻产业。真做得好的话，连提升国人 GDP 也变为可能。

辰辰的选择呢？

辰辰的选择是什么已经不重要了。和社会上大多数的大龄女青年一样，辰辰的问题已经变成群众的问题。

忽然想到

又感冒了，人一下子蔫下来，不想说话。全心全意支持自己的免疫系统和病毒进行内部斗争。

娜嘉正在学中文，准备参加中文考试。她忽然对我说："'怕' is heart becoming white."

我看看她，觉得不是我病糊涂了就是她脑筋不大正常。

她又说："你看，你看，这是心，这是白，心变白，就是怕。"

真是形象啊，我怎么从来都没有注意过？心变白了，吓得心脏没供血，就是怕了。

娜嘉得意地说："我永远都不会忘了这个字了。"

我也不会忘的。写博客夸夸她聪明。她偶尔会看我博客学习里面的中文。

一生病就乱吃东西，等肚子吃痛了，病就差不多好了。

今天又乱吃家里的东西，冰箱里有什么都拿出来吃一点儿。

正在吃花生，忽然想起西方很多小孩都对食物过敏。像花生这类的食物一颗差不多能把过敏的人掀翻在地。中国好像很少小孩过敏，最多的过敏原是海鲜，不是花生水果一类的日常食物。不吃海鲜相对是一件容易得多的事，不像花生、水果之类的到处都有添加剂，防不胜防。

也许，我说的是也许，我们医疗食物紧缺的祖先已经把我们这个种族淘汰过一遍。这种过敏基因也可能已经被淘汰或者改良了，而西方社会还是把过敏体质保留下来。

这样看来，至少就体质上来讲，我们赢了！

中　国　菜

在德国旅游，住在朋友家。每天喝德国啤酒，吃德国面包、奶酪、著名的德国猪蹄和香肠，还有俄罗斯一路带过来的鱼子酱。

好几天没吃正经蔬菜，德国的主食是土豆，顺便就把蔬菜也包括进去。晚饭的时候和主人要求掌勺，做了道中国名菜——番茄炒鸡蛋。一大盘番茄炒鸡蛋转眼就没。大家吃得都很起劲，女主人问我怎么做。男主人把我的份吃了以后，拿片面包盘底也清干净。他们吃什么最后也要用面包把盘子底刮干净，更不要说谁敢剩盘子。我为自己做了一大盘菜，最后还是没有吃到。虽然最后没吃到，但是把中国文化发扬光大了，也觉得开心。

不得不说，国粹就是国粹。

倒　时　差

航空公司的熟人，也没和我提起，就打招呼让航班照顾我。

听说可以把我比托运行李还重的随身背包也托运，我立即行动。从背包里拿出电脑抱在怀里，其他的什么也没带就离开了柜台。

这样轻松自在的游客机场里只有我一个，又是亚洲人，又是单身一人，一路惹眼。

“抱着电脑周游世界，太潇洒了。”边检的时候碰到一个中国工作人员，和我讲中文，也特别地照顾我。

飞机上一个漂亮的金发小男孩一直看着我笑。他的脸像油画里面的天使。这一路欧洲行，不知道看了多少有关天使的艺术品，是我最喜欢的。

总是觉得有天使在对我微笑。

莫斯科转机后，旁边坐的是一个西装笔挺的中年华侨。为什么我知道他是华侨？因为他坐下来就告诉我，他和飞机上的其他中国人不一样，是拿着外国护照。我笑笑，没说什么。他有点儿失望的表情。也许他的人生也只有这个骄傲？

这中年人的英文不好，随便什么都搞不清楚。问我，我就答。大家出门在外，都是要互相方便，我刚出国那阵子，还不都是好心人帮忙过来的？

但之后中年人就不停地问我私人问题，大概看我也是一个人奇怪，飞机上的时间也不是很好打发。我有一搭没一搭地回答。飞机起飞以后我戴上耳机看电视，他还是和我说话。后来我电视看着看着差不多要睡着了，他还是和我说话。因为很累，出门也是大家和气才好。我没发火，继续有一搭没一搭地回答。

“你有男朋友吗？”他问。

“我结婚了。”如果照实说没有男朋友，按现在的聊天记录，接下来我能听他讲个两三个小时的意见。人在飞机上，又走不掉其他地方躲清净。

“结婚啦。结婚几年啦?”

“五年。”我随口说。

“有小孩吗?”他居然还问。

“没有。”

“是什么问题啊?”他居然还接着问。

我有点儿抓狂了。

“没有小孩就没有小孩，这有什么问题?”我为假设中结婚五年没生小孩的我辩护。

“都结婚五年了。还没有小孩，肯定有问题的了!”他比我还理直气壮。

“没有任何问题，就是不想要小孩。”我生气了，再不理他，为了假设中结婚五年没生小孩的我。

两个白痴在一起

今天做了一件很蠢的事情，硬着头皮打电话给沙利，要她到楼下接我上去。这女人电话里一通恨铁不成钢的语气。是我错了，也只好忍着。

电梯一开，看见她兴高采烈地站在那里等着。

“啊呀，我一直以为你的智商低到触及底线，不可能再低了。”她上来就笑，笑得那么真诚，脸部每一块肌肉都被热情调动起来。

“没想到你还可以更蠢?!”她笑容更加灿烂，包袱总是在最后抖。

“不好意思，我还在倒时差，脑子有点儿晕。”我低头赔笑，没理要让三分。

“再次证明，人的潜力。”她还说，看来是看见我太兴奋，估计好久没人和她斗嘴了。“不管是上行还是下滑都是没有极限的。你今天挑战了自己的愚蠢程度，真是白痴无极限!”

“哪里有那么糟?”让了三招以后，我开始给自己辩护。

“你看，你去了趟欧洲回来，智力水平和大家又拉开一个档次。”她笑得无比欢畅，就差配出动画人物里面反派女人的哈哈哈哈的经典声音。

“嗯。是这样的。”我说，“我和大家的智力水平一直都有差距，我承认。但是和你就没差距。我们就一直保持在同一水平线上，从来没有高下区别。”

这下沙利不说话了，因为无法反驳。她可以说我白痴，但是她永远不能说她比我聪明。

两个白痴在电梯里斗嘴，天下还有比这更无聊的事情吗?

上海各区

首先说，漫漫漫漫飞是我的同桌（就是杰西）。

其次说，我们准备搬迁过去的那片工作区因为工作重向来是出了名的安静。我们去之前完全达到深山听鸟鸣，鸟鸣山更幽的境界。私底下想，领导们把我和漫漫漫漫飞搬过去大概也有改造我们两个差生的缘故。我一个人的时候也是不说话，眉头紧锁地埋头做事。但是漫漫漫漫飞的多动症就比较明显了。被好学生围绕着，她极度浑身不自在，叽叽喳喳地说得不停，生怕自己有被改造成好学生的可能。自从我们两个搬过去后，重工业区就被我们整天折腾。我们刚刚离开的那片工作区反而在不知不觉中安静下来。现在才明白，原来一直是我们两个在大闹天宫。

我把这话说给漫漫漫漫飞，还说要写博客，她根本不承认。她说："你不在的时候我要多安静有多安静。只有你来的时候这里才有声音。"

在这个问题上，我们两个一向有争执。争执不下的时候一边一个，逼着小特主持公道。小特无辜被卷入这场事件，费了很大力气说："老刘的博客里讲的都是事实，但是只是她眼睛里面的事实。"

真是难为小特说出这样的答案，对我已经足够好了。我是典型的唯心主义，只要是我眼睛里面的事实，就是事实。

杰西的噩梦

杰西坐在我对面讲她的噩梦，我昨天没睡好，就听得漫不经心。被她批评态度不认真，我只好打点精神，假装用心体会。

“是在一所医学院里面。”她说。

“夜里，我走在走廊上。这条走廊很长很黑，阴森森的。走廊的一边是黑漆漆的花园，另外一边是黑色的房间，中间亮着灯的是阅览室。阅览室里面坐满了自习读书的学生，阅览室白色的炽光灯大开。”

“你想象得出这场景吗?”她和我强调。

“想象得出。”我确认。

“我一直走，一直走，走到走廊中间的时候转头看一眼阅览室里面坐着的人。有几个人也慢慢回头看我。不能说看，因为他们是无脸人。”

杰西说完，把我在巴黎买的胸针还给我。胸针是红、黄、黑色的抽象画，主画面是一个无脸的女人。

“就是像你的胸针上面这样的无脸人。”她说。

“哦。”我说，接过我的胸针，戴上。这枚胸针我很喜欢，进到店里一眼就看到的。

“你都不怕?”杰西很吃惊。

“不怕。”我老实回答。

“你就没感受到我梦境的精髓!”杰西对着我提高了声音。“我讲给别人的时候，她们都怕了。你没怕，你就没有注意听，脑子里没有那种恐怖的感觉。”

“我感觉到了，还是不怕。”我说。

“你还是没有体会到，你的理解力就是这么差。我应该把这个梦拍成微电影。”

“那你拍啊。”我说。

杰西不说话了。

“再给你讲一个噩梦，更可怕。”

她讲这个噩梦期间，我全程走神，没记下来。

“也可以拍成微电影的，你觉得呢？”她又说。

“你拍啊。”我说。

她又不说话了。

漫步北京

北京我来了。多年不见，亦如初恋。我已面目全非，你依然没变，还是固执己见。

所谓物是人非就是这个意思吧。

不但没变，而且北京更加传统，步步停停都带着京味儿，走了许多的地方，连一家星巴克也没看到，咖啡馆都没见几家，秘制梨汁啊、豆汁啊、大碗茶什么的倒是随处都有。和上海比较起来，真是令人唏嘘。上海是全世界的上海，北京却只是北京人的北京。

这几天，与人在一起的时候便安心与人在一起做事。一个人的时候就漫无目的穿街走巷，一直走到走不动了，打车回旅馆。走自己熟悉的地方，也走不熟悉的地方。最多的时候是穿街走巷。看不到别的，就是那或者斑驳，或者豪华的四合院门也是意味深长的历史变迁。

除了胡同，最有意思的就是北京人。几天走下来，每天都遇见几起闹事的，也有吵架的，也有动手的，动手的也有见血的。北京城里人不服气的精神一览无余。而且旁边围观的群众绝对比吵架双方要热情得多，来龙去脉不搞个清清楚楚是不肯散开的。一次我正在路边摊买了一块西瓜解渴，出事场合离我很近。双方吵得热烈，马上要动手的架势。卖西瓜的小伙子耐着性子找了我钱，飞也似的跑向人群方向，自己的摊子整个儿顾不得了。

还有一次，我路过北京市政府，一群上访民众闹事，一排警察非暴力维持治安，更多人围观，我远远地拿着相机把这样子拍下来，又离开。过了好些时候，一位阿姨从老远处追上来问："我看见您刚刚拍照了，请问您是记者吗？"我摇摇头："不是。"心里想着，有我这么设备简陋的记者吗？她不甘心，又问："那你是学生？"我说："不是，我只是游客。"她还紧跟不舍："那你拍那个有什么意思啊？"我说："留个念想。"她终于悻悻地离开了，我觉得有点对不起大妈，让她今天少了想象空间和谈资。

最好玩的还是我在一宾馆门口看见一对老人从一家酒店出来，坐进了出租车，转眼又出来。我没觉得奇怪，北京的出租车司机老油条是出名的，多半是嫌弃两位老人的车程近就找理由让他们下车。我有点于心不忍，却又无可奈何。想打抱不平又不知道该如何做。谁知道这时候后面慢悠悠地走过来一位拄着拐杖的爷爷，他走不快，但是性子急。远远的就用拐杖指着出租车喊，“怎么着啊，拒载啊?”然后以自己的最快速度走向那对老人替他们出主意。

我在一旁偷偷在心里笑。

北京的警察真是不容易，态度那真是一个好，谁的气都要受。

和上海比起来北京的消费真是便宜。这几天，我想吃什么吃什么，想玩什么玩什么。花的钱比平日在上海还少，真神奇。当然也因为北方饭菜太实在。我记得在一家饭店吃饭，喝着店里免费的玉米粥，主菜上来之前随便要了一碟开胃小菜。那小菜都要从碟子里面漫出来了。我喝了粥，吃了大半碟小菜，已经饱了，怎么也吃不下主菜。可是坐在我旁边的小姑娘还喊着：“姐姐，能再给我点粥吗?”我都昏倒了，怪不得北方人比南方人长得结实，吃得多，就长得结实。

回到上海

我背着两公升的旅行包走在熙熙攘攘的人群中，顺着扶手电梯熟门熟路地走到地下室，又从虹桥火车站搭2号地铁线到静安寺。

“又回来了，还是没有走开。”坐在地铁座位上对自己说。上海是一个有魔力的城市，想离开也难。

车启动没几分钟，2号线又停在虹桥航站楼。电动车门向两边滑动移开，刚刚从虹桥2号航站楼出来的乘客一拥而进，原来还显得有些空荡的车厢立刻就被乘客和他们的行李箱填满。

车厢里还算安静，有的人坐，有的人站。一半的人在看手中的电子设备打发时间，还有一小半人因旅行的疲惫打瞌睡。一个学生模样的女孩子白衣黑裙，怀里抱着一本枕头一样厚的司法考试参考资料，头靠在座席上两眼迷茫地望着前方。一名年轻的男乘客在电话上与朋友热烈地讨论着最近的相亲对象。坐在他旁边的我睁大眼睛，像一个失眠者一样东张西望，渴望看到点什么。

2号线在上海的地下轨道上以每小时80公里的速度行驶，它承载的乘客也以每小时80公里的速度快速移动。地铁行驶到站，门“嚯”的一声向两边滑开。一些人出去，一些人进来，个个面无表情。门又“嚯”的一声关上，地铁继续行驶向下一站。

“人生就像一部地铁，”我想，“从起点到终点沿着一条既定轨道前行，错过了一站就不再有，没有回头路。一旦走出门，也就放弃了这部地铁，再也登不上同一部。地铁中的每个人都是彼此生命中的过客，车厢里，月台上，茫茫人海中，你看她/他一眼，她/他转眼就不见。”

中山公园到站，身边的年轻人从座位上站起，准备下车。他一边走一边继续讲电话，手里费力地拉扯着一个中等大小的行李箱。完全不知道他旁边曾有一个人因为他的存在而思考人生。

静安寺到站。我也站起来，整理一下背包，走出地铁。穿过几个刚刚短途旅行归来，还在意犹未尽大声喧哗的中学生。我从楼梯走上去，避开扶手电梯上惯例的拥挤。

刚刚一场暴雨，上海的空气难得的清新。阳光穿过树叶照在身上，行人皆是匆匆而过，没有谁来得及打量我一眼。尽管一次又一次回来。对于上海，我只是一个微不足道的过客而已。

一对身材高大金发碧眼的情侣，看外形大概是北欧人，牵着一只褐色的吉娃娃从东边的人行道走过来。一对身材中等，穿着舒适，以普通话互相交谈的中国情侣牵着一只高大的松狮从西边的人行道走过来。吉娃娃对松狮产生极大的兴趣，两只狗在种满绿植的花坛旁周旋盘桓，两对主人以各自带口音的英语礼貌交谈。

这就是上海。我伸手拦下一辆出租车。

青梅竹马

我向小远抱怨："帅哥们都喜欢男人了，让女人怎么办？"

小远："我也不想这样。还是希望有些帅哥喜欢女人，这样的话女人才能有机会生小帅哥出来。"

现在和我抢男人就算了，居然下一代还要抢，和我比人才储备？

小远向我抱怨："家里逼得太紧了。不知道怎么办才好。"

我很仗义，胸脯拍得山响："把我带回家就好啦，还比花钱雇来的靠谱。连怎么认识的和交往细节都是真实可靠，禁得起详细追问。"

他想了想，唯唯诺诺地说："我，我怕我妈看不上你。"

我……

我："你都是看外表作决定的吗？"

小远："也不全是，单纯欣赏一定是看外表，要交往还是要看内在。"

我："哦。"

小远："但是太丑的我也不来往。"

我："哦。"

然后他看看我，说："你不要担心。你不是太丑，还可以。"

虽然小远嘴巴尖刻，人却是最好的一位。他说要吃大闸蟹。我不去，说大闸蟹吃起来太麻烦，我吃不明白。（一次因为吃蟹太浪费，差点儿被同桌人打。）小远就说他剥给我吃。我不肯去看他喜欢的动作电影，他就陪我看他很不喜欢的文艺片《安娜·卡列尼娜》。我看到很开心，他看得差不多打瞌睡。

我不忍心，抱歉："不好意思，知道你不喜欢还拉着你来看。"

他摇摇头："也学到一样。女人一定要坚守妇道。抛家弃子的女人都没好结果。"

"太不公平。也是因为一开始男人没完没了的勾搭。怎么男人就什么事情也没有，该干吗干吗去了?”

小远想了想：“你说的也有道理。但是这男人长得太漂亮，我不忍心让他死。”

我……

考虑正式退出歌坛

一天，和一群好久不见的朋友约唱歌，我进门就表演，气氛顿时热烈。

到后来就很 high 了。

我唱歌不好地球人都知道，忽然出了一首歌，好像我会唱，我就举手，说："这个我会唱，不会跑调的。"

朋友忽然从钱包里掏出 10 块钱："我赌 10 块钱，她一定跑调！"

回头一望，无人应声，朋友追问："谁和我赌？"

大家异口同声："我们都知道她会跑调的！"

只好我来对赌，然后我输了。

又出了一首歌，我还是真心觉得我会唱，朋友提高了赌注，然后我又输了！

一晚上下来，也不知道输了多少钱。

我不但自己走调，而且很有感染力，每次一起唱歌把大家带得都走调。还是那句话，愿意和我做朋友的人，要么是太爱我，要么是思维都不正常。

终于有一首老歌，我唱得基本在调。唱的时候满屋皆静，人人替我精神紧张。唱完了集体鼓掌，大家都比我激动，就差奔过来献花了。大家纷纷表示，以后只允许我唱这首歌，反复唱一首也没关系。

唱歌这回事，不在乎唱得好不好，欢乐就好。我在，就保证了欢乐。

但是我还是考虑从此退出歌坛。所谓高处不胜寒。还是专心去发展舞蹈专长的好。

曾经去过各种舞蹈课，每样都学了一点儿皮毛。尤其花了一点儿精力在学习脱衣舞上，想着如果实在没有生活出路，还可以夜晚去跳舞赚点生活费，不耽误白天的工作。虽然一直都不漂亮，年轻的时候，身材还是很好，本钱是有。想说，围着一支钢管跳真是容易得不得了。人的下意识中把那钢管当男性生殖器，女人仿佛是围着生殖器各种转，各种扭，各种抚摸。男人就心甘情愿掏钱出来，多好玩儿的一件事情。

男人一向生殖器崇拜，觉得能直立起来的都像自己的小弟弟。

后来我的脱衣舞还是没有学下去，因为自己的胳膊没有肌肉，爬不上杆子，爬不上去自然无法滑下来。自己也就断了一条生路。

新闻与历史

和朋友一起聊天，聊起怎么打发无聊。

我说："很容易，一本好书，一整天就过去了。如果能同时晒晒太阳就更完美。其他的什么也不需要。"

朋友说："我可不能坐在那里什么都不做。不过也有例外，我特别喜欢看新闻。这个有点上瘾。"

我说："新闻有什么好看？今天是新闻，明天就是历史。所有的故事都是一样。不过是旧瓶装新酒，重复不变。读新闻，还不如看本经典好书。"

朋友不以为然："话虽这样讲，还是喜欢新闻。看完这个语种的，再看那个语种的，对比着看，不知疲倦。"

我笑他："怪不得你花心，喜欢了这个女人，又喜欢那个女人。不管哪个女人都是新闻，新的总是好的！"

朋友笑我："怪不得你对男人没兴趣，今天是新的，明天就是旧的，所有的感情都一样。都是历史在重演！"

我们都试图说服对方，却都以失败而告终。

我还是他的新闻，他还是我的历史。

爱也会伤害

“不就是看起来既清纯又贤淑的良家妇女吗？不用担心，包在我身上。”我拍了拍自己的胸脯。

我和小远两个人走进一家酒店。

等电梯的时候，我随手把包从小远手上拿过来。化妆包里取出粉饼、口红和睫毛膏，还有一瓶便携的香水。两分钟把脸上的妆搞定。电梯来了，走进去，耳朵后，手腕上，用一点儿香水。化妆包和香水放回去，再从包里面取出一件薄薄的本色羊绒披肩，轻轻地绕在肩上。头发上的发箍扯下来，乌黑的头发一下子垂下来卷卷长长遮住了脸，再用手轻轻梳理了几下。出电梯的时候，已经是一个温婉清秀的小女人，脸上带着欲说还休的微笑，把陪在一旁的小远看得目瞪口呆。

“不会吧，这也行？是中了邪，被附身了吗？”小远上下仔细看，我顺势勾住他的胳膊。

远远地看见大厅的一角有人向我们招手。

“妈，这是我朋友。”一位中年女人满面笑容地向我们走来，小远礼貌地把我推出去。

今天是小远堂妹结婚。小远特别挑了这个时间带我出现，夹在一大群人里方便浑水摸鱼。

就座的这一桌都是一般年纪的年轻人。说年轻其实也不算准确，差不多的同龄人，大多已经结了婚，也有有小朋友的，满地跑来跑去。小远小时候的玩伴一开始还分些注意力在我们身上，说了些小远金屋藏娇就不出来见朋友的场面话，但很快就都全身心地关注自己和别人的小朋友身上，聊些孩子哪个年纪才好学钢琴、学画画、学英语之类的话题。我们自然落得轻松。

饭菜还没上齐，大家都在聊天。小远搂着我的椅子背，人侧过身，挨着我，给我翻看最近上映的影片，商量着下周去看哪一部电影。

“你的头发这么长了啊。再长就长过胸了。”小远把手插到我的头发里，手指从发根慢慢地滑到发梢。

“你是在勾搭我吗？你讲胸，我就会困惑。你是喜欢我的胸，还是羡慕我的胸？”我转过头，向他眨眨眼睛。

“谁要勾搭你？”他笑起来，轻轻打了一下我的头。手还留在我的头发上摩挲着。

“你看我们对面那个男的，我们从小就认识。”他小声说。对面的男人正在耐心地和自己的小孩讲道理，该吃饭的时候要吃饭之类的。

“这里的人你不都是从小都认识吗？”

“我想他是同志。”

“他不是结婚了？虽然没有带老婆，但那个小孩也是他的吧？长得那么像。”我说。

“是的。”小远忽然停下来，脸色也忽然阴郁起来：“他大概也是没办法，不像我，可以离开家里独立生活。和父母生活在一个屋檐下，不结婚，还能怎么样？现在是这样，女人不结婚也就算了，最多被人看不起。男人是无论如何也要结婚。即使结了婚后马上离婚，也要先结婚。只有生了小孩以后才会比较自由。”

“他是同志的话，那他老婆不是很苦？”我说。

“所以我一个人挺挺就算了。不能拉一个无辜的人陪葬，毁了一个女孩子的一生。”

“这种情况真的多吗？”我说，“就是，同志结婚。”

“非常多，下次我带你去一个地下舞厅。破破烂烂的地方，音乐都是老掉牙的爵士乐，有时还有革命歌曲。就有百十来个中年男人聚在那里跳舞。有的也根本不跳舞，就是和另外一个男人手拉手在舞池里慢慢走路。就是要谈朋友的感觉。”

“听着也蛮心酸。你怎么知道他们都结婚了？”

“那个地方，五六点开场，8 点前就关门了。不是有家的人，谁会齐刷刷地天黑就回家？”

“那你要生小孩吗？如果我们真的结婚的话。”我忽然转换了话题。

“你要生吗?”他望着我问。

“也许。”我说，这事情谁一时说得清楚。

“你智商这么低，怎么和你生?”小远打击我。

“哦，好吧。”我把头垂下来。

“再说，我不想要小孩。”小远又解释，“生了小孩，要养，要教，还怕他生病，被拐走。大一点儿，怕他学习不好，不能自立。好容易养成人了，他要啃老的话，还要我辛苦养他全家。太不划算了。”

“嗯，”我迟疑着，“是不是你觉得茫茫世界，自己活下去就很艰难了。何必再创造新的生命，让他遭罪?”

“你想太多了。告诉你我的脑子是空的，白天工作，晚上生活，不想事情。”小远又敲我的头。

“我知道我是对的。你是我认识的人中最善良的一个。你不要不承认!”我高声。

小远忽然抬起头来，“我奶奶!”他说，手指向不远处。

抬头看见一位婆婆颤颤抖抖地向我们走过来，我赶紧站起来，“奶奶好。”一边鞠躬一边说。

婆婆长得矮，很慈祥的一张脸。她拉着我的手，努力地抬着头看，情绪激动地和我说话。我听了半天也没听懂。两个人都着急，婆婆一边和小远说话一边指着我。小远笑呵呵地说：“奶奶要我做翻译。她不会说普通话，也听不懂。她的上海话也讲得很乡下，和你平常听到的不一样，所以你听不懂她的话。”

婆婆以为小远翻译好了，就说了一大堆。这回小远连假装翻译也不肯了。

婆婆颤巍巍地转身离开，没多久又在一个年轻女孩的陪伴下转回头。女孩笑着说：“听说小远哥哥领了个漂亮姑娘回来，奶奶太高兴了。她说话你又听不懂，让我来翻译。你以后一定要经常和小远哥哥一起到家里吃饭。最好每个周末都回来。平时也好回来的，都住得不远。”

我赔上满脸温柔贤惠的笑容，低眉顺眼地答应着。

婆婆走后，依次过来看我的有小远的爷爷、叔叔、婶婶、妈妈，每个人都说一样的话。我都鞠一样的躬。

我也是才知道小远单传，是他这一辈唯一的男孩。

同桌的人都看着我不怀好意地笑。说这么晚才把女朋友带回家，又不肯带过去介绍。老人家都等不及，自己来相看。

“不好意思让你受惊吓了。”小远小声地凑过来对我说。

“今天不是说你的堂妹家的喜事吗？怎么我成了主角？”我说。

“你再坚持坚持，很快就过去了。一有人开始走，我们马上走。”他安慰我。

“请您尽快，我的脸都笑僵了。”我揉揉因过度强颜欢笑而肌肉酸痛的脸。

“这也是生活体验，给你增加素材啊。你不是对什么都好奇吗？”小远揽过我的肩。

“这也是。”我被说服了，“到哪里找那么现成的素材？你不介意我写？”

同桌吃饭的人像看戏一样看着我们，脸上带着意味不明的微笑。

“海远，你爸爸来了。”有人提醒。

我马上条件反射一样地站起来向来人的方向鞠躬。

小远的爸爸大约是喝了点儿酒，过来就拉住我的手，上上下下地看，一时激动得话也说不出。

“我看见你，第一眼就喜欢！”憋了半天，他结结巴巴地说出来这样一句话。全桌的人都哄笑起来，我也笑。小孩子们都跑得老远，桌上的大人再没人有心情吃饭，看定这场戏。

“从今以后，我家就是你家，你就是我的闺女，一定要常来。我下厨做菜给你吃，我做的菜特别好吃，真的……”第一句讲出来，小远的爸爸一连串地讲下去，挡也挡不住，讲到后来声音也哽咽起来。

小远终于忍不住站起来打圆场：“爸，别说了，说了好几遍了。知道啦。”

“我开心啊。你性格那么闷，不会哄女孩子开心。我怕姑娘不喜欢你，不要你了。”小远的爸爸对他说，“姑娘，我的儿子性格差，你遇事多包涵……相信我，他心眼好，人也很优秀。真的，真的……”他的双手紧紧握着我的手，不放松。好像他一松开，我就飞走了。

一滴眼泪顺着我的脸颊流下来。

我再也没有和小远去过他的家，谁都不忍心伤害那一对老人家。

一块柚子皮

三个人坐在一起，边吃东西边聊天。

我吃柚子，打开半个，自己留了四分之一，另外四分之一分给娜嘉和 m。

娜嘉和 m 都从没吃过柚子，犹犹豫豫地接过去，m 说这果肉像鱼卵一样，不大敢吃。

我的四分之一很快就没了。手里拿着四分之一的柚子皮，左看看，右看看。

娜嘉说："如果我们还小，就可以把这个东西好好打扮一下，当玩具床，把平时玩的娃娃放进去。"

我说："如果是我，可以把它弄弄干净，当盛米饭的碗，或者摆寿司的盘。"

我们又想了一些其他的柚子皮可以做的事情。

一旁 m 实在忍不住，说："如果是我，我就会把它当垃圾丢掉。"

还是没舍得丢掉柚子皮，被放在冰箱里吸味道。

没文化真可怕

谨以此篇献给告别成语界的叶子同学

一天，叶子看上了 STARBUCKS 的音乐盒，当场眼睛发亮，势在必得。兑换这音乐盒需要集齐 20 个印章。按说 20 个印章并不算什么，但是这个印章却是特定的三种节日咖啡其中的一种，而且大杯装才能换。这三种节日咖啡全都甜得完全没有咖啡味道，要多难喝，有多难喝。叶子还是生生地在截止日期前集满 20 个，完全归功于她打鸡血一样的感染力和大家因为支持她而对奇难喝无比咖啡的忍耐力。

即将换到音乐盒的叶子欢欣雀跃，语无伦次："大家都对我这么好，都这么支持我，真是让我感动。我一定要那个什么什么桃，什么什么李，什么投什么报。"

靠谱女听不下去了，说："投桃报李。"

叶子更着急："不是这个，是那个长版的。投之什么的。"

靠谱女说："一样的顺序！投之以桃，报之以李。先桃后李！"

又一天，大家按老规矩凑到一起打羽毛球。本来我们四个对垒的，没有最弱，只有更弱。一时打得难解难分，却都判断能力失常一样认为自己实力很强。

正打得不亦乐乎的时候，超人李来了，替下我的队友。超人李一来，场上形势巨变，对方两人根本不是对手。只摆姿势打不到球。超人李只是挥挥手，耸耸肩，好像连脚步也不动就能把对方扣死，我也根本没机会碰到球。

正在无聊的时候，我看见叶子在对面场表情很认真地思考了几秒钟后，满眼发光地对超人李赞美："我要像你一样的坐怀不乱！"

大家一瞬间就愣住了，然后全场人爆笑。连旁边工作人员也一起笑。直到这时，叶子还一直以为"坐怀不乱"是淡定的意思。

悠悠很耐心地解释："坐怀不乱是要一个女人坐在一个男人的怀里才行！"

超人李更是以一贯的人体百科书的风格解释了柳下慧坐怀不乱的典故。

我站在后面没说话，但是心里琢磨着。如果柳下慧是 gay 的话，女人坐在怀里心思不乱也正常，因为没欲望。

一场本来因双方都弱而竞争异常激烈的羽毛球赛就这样在笑声中结束了。

再一天，从羽毛球馆出来的时候，大家就趁热打铁地查问叶子的语文。

超人李问她："你知道怎么读 abb 音吗？"

这个大家都不知道。

超人李说："就是凡是形容词带两个叠音的时候叠音都读轻音，什么黄澄澄（huang deng deng），绿油油（lü you you）之类的。"

大家点头。

叶子却质疑："那不对啊。那甜蜜蜜读 tian mi mi 吗？"

大家顿时崩溃，而且溃不成军！

叶子一路赞叹："圣诞节的装饰好漂亮啊！"

同桌迅速考问："用一个成语来形容一下。"

叶子反应迅速："金光灿灿！"

这个虽然俗，多少靠谱。

叶子今天发誓再不讲四字成语。

想了半天，她又解释："人无圣贤，谁能无过。"

我无语。

应邀写博客

好几个同事说我最近不大写博客了。我感慨大家不提供素材。（最近忙，不做课间操，不聊天，有点儿脱离群众。）

霸气女："你这个人这么正面，要多写写，给大家添点儿正能量。"

我就号召说："我也想写，可是光想也写不出啊。"

霸气女："那你也不要只写我们，也要写写你自己的私生活什么的。"

我就犹豫了："我的私生活啊？没啥可写的！"

霸气女："也不是一定要看你的感情生活啦，也可以写像日常生活什么的。"

我说："你中间大喘气吓了我一跳。我还以为你说'也不一定要写你的感情生活，也可以写床上生活什么的'。"

大家配合着笑起来。说到床，气氛顿时热烈起来。

霸气女："那你写啊！你敢写，我就敢读！"

我说："读，谁不敢读？难道我还真能写得不堪入目。"

小清新忽然说："还可以配图。"

大家就转移注意力质疑小清新怎么也重口味？

小清新接过去说："那是因为我看书只看有图的。"

同桌接口："黄书也是书！"

虽然大家说得热闹，我不得不打断大家，解释我生活素材太少，写不出床上生活。

小清新又说："这个么，挤挤总是会有的。"

我说："嗯，挤挤的话，事业线可以挤得出的。目前就只能挤到这儿了。"

梦　中　人

朋友放弃中国的一切，去国外和自己爱的人生活在一起。

恋情一直不被看好，甚至一直没有公开。他们之间的感情曾经是世界上一切的不可能的集合，假日激情，姐弟恋情，文化差异，地域差异，还有隔在他们之中的这个人，那个人。可是最后他们还是选择在一起。我问她何以下定的决心，她说她十年前做了一个美梦。梦里有一个男人拥她入眠。她微笑地醒来，从来没有过的发自内心的愉悦。她一直记得那种感觉。

梦中人的脸是模糊得看不清楚，但是她记得这个男人很瘦，很高，比她年龄小。

从此以后，生命中遇见的每一个有过过往的男人，她都要认真地打量，私下寻思着这个男人会不会是那个梦里的人?

后来她找到了。尽管一切都很坎坷，未来也不可预测。十年后，她放弃自己的一切，去追寻自己的梦。人生苦短，愿君美梦成真。

对　　话

今天难得有时间什么也不用做，约上娜嘉一起吃饭。

两个人走过家附近的俄罗斯饭店，这家店生意落魄得差不多要关门。

“唉，俄罗斯人做什么也做不好。没希望了。”娜嘉感叹，她是俄罗斯人。

“哪里有那么差，我觉得莫斯科就是交通太糟糕，其他的还好。”我安慰她。

“不必安慰我，除了自我感觉良好，俄罗斯人其他的没好处了。”

“那中国人呢?”我好奇。

“你在中国，你知道中国人怎样。”娜嘉不肯正面回答我。

“那俄罗斯人和中国人比起来又怎样?”我换个方式问。

“比方一个中国人站在这里，你想象他变得自大些，愚蠢些，他就变成俄罗斯人了。”

“哦。那大概来讲，俄罗斯人和美国人哪个更自大些?”我又问。

“要这么说，俄罗斯人没有基本涵养，自大得都不知道遮掩，毫不介意在其他人面前展现自己的无知。美国人又自大又虚伪，他们会很自然地想自己经济强大，娱乐发达，认为其他国家的人都要抬头仰望，所以会花些心思假装谦虚，其实内心更自大。”

注：以上观点只是忠实记录一家之言，不代表作者个人观点。

喜欢李安

喜欢李安很多年，一直都认为他是那种不停自我突破，寻找人性根源，少有的不为名利而创作的艺术家。他从来不重复自己，每一次创作都不让我失望。我仰望再仰望，崇拜再崇拜。

就才华而言我和他无法相比，但是不妨碍我羡慕他做一个为了理想而活的人。感动自己，也感动别人。和他的作品比起来，那些所谓好莱坞大片……嗯，后期制作都很精良。

很有默契的一个朋友发来李安和他老婆的故事，又佩服了一下李安的贤内助。没有这样一位坚韧的妻子在背后支持，李安恐怕也要在艺术上背叛自己，甚至恐怕和艺术完全不搭边也有可能。想想一个在美国的台湾电影导演，前途有几多？

对　　话

半年没见的朋友慧霞，见面以后惊异我的种种变化，不停感叹，说我变漂亮了。

寒暄过后，她说："我搞不懂，你这么漂亮，怎么还没把自己嫁出去?"

我很矜持地笑而不答。

朋友又想了想说："不对，一定是我现在的审美要求降低了。一定是这么回事，没有其他可能。"

我在一旁看着她那么坚定的表情，默默受着伤。

庄周梦蝶

曾经和娜嘉讲我最喜欢的故事是庄周梦蝶。

庄子睡着了，梦见自己变成蝴蝶，在花间飞舞，轻松且惬意。醒来时，困惑之极，不明白自己是庄子还是蝴蝶。是庄子梦见了蝴蝶，还是蝴蝶梦见了庄子。

因为这故事，一段时间我对道教很有兴趣。

昨天，我告诉娜嘉，每天我6点多醒来，就开始胡思乱想，也不知道想什么，也不知道时间怎么过的。就在那里傻傻的，迷迷糊糊的，一直到8点多，才意识恢复，知道要上班了。然后收拾一下去上班。

娜嘉担心地望望我说："那你是不是变蝴蝶去了？"

少 年 派

有人说，李安的电影像洋葱，要一层又一层地剥开。我剥着剥着就剥得泪水涟涟。少年派是一个大号洋葱。

对我而言，整部电影最震撼的一定是在无人荒岛上了。那所谓的岛是个死掉的人已经腐烂的尸体，尸体上爬满了蛆。派又吃人又吃蛆，吃到后来，吃到脸部看到牙齿，才意识清醒，弃尸前行。

那个岛一定是女人的尸体，这个太多的细节的交代，几乎毋庸置疑。偶尔看到一个影评说，这个死尸是派女朋友的，这个我看有些牵强。首先我记得派和老虎在看海的时候看到了妈妈，然后他就到了无人岛。他吃饱了，又和蛆一起躺在这个女人的臂弯，几乎睡着。那是一种男人对母亲才有的依恋。

喜欢李安是因为李安探究人性的根本。老虎是派，也是李安。人能吃动物就能吃人，人到底是恶是善也只有人自己知道。在海上漂泊每日求生的时候，任何能使自己生活下去的资源都不能浪费，何况是肉类。我相信派是在迷迷糊糊失去意识的时候才开始吃妈妈的尸体的，意识清醒的时候就放弃了，连老虎也回到了船上。

老虎上了岸以后，头也不回地走了。派也恢复正常。他是一个意志坚强的人，选择在正常的社会中做一个正常的人。他不让自己在不堪的记忆中受折磨，选择了逃避，也成就了内心的宁静。天晓得，有多少人在年少无知的时候做过令自己后悔不堪的事情，我知道我做过，也选择了逃避。

有解读说，宗教也是派的逃避，尽管他妈妈说宗教是人内心的救赎。

一直说不清楚宗教是什么，我还在摸索。但是在李安的眼里，宗教以及宗教所衍生而出的神话不过是一个又一个掩盖残酷事实的假象。影片一开始，派接触了那么多宗教，受到那么多的神话影响。哪一部神话都像派自己讲述的故事一样神奇，甚至更为离奇梦幻，超出想象。

看完了电影我在想，派的故事，真实的部分影片有交代，有隐喻。那更加离奇的宗教故事呢？历史上到底发生了什么，让人们不敢讲述实情，只能以玄幻的方式表达。人类的历史，到底是以怎样的形式开始？人类的本性，到底残忍到什么地步？

谢谢李安。

害人不偿命

和小远约好10号线陕西南路地铁见面，一起再到其他地方。还有三站的时候我接到电话，他从1号线出来走到10号线。我说好。

小远说："你就在最后一节车厢外面等我。"

当时我站在地铁的第一节车厢的最前面，人就靠在驾驶室门上。我想，下了地铁后还是可以走到最后一节车厢。就答应他说好。

过了一会儿，又有电话来："你在哪里?"

我说我在进站。

他说他看到我的地铁，他可以自己走上来，我不必下去接他。

"可是……"我很犹豫地说，"我在地铁的最前面的一节。"

"啊?!"电话中质疑声后，听见他气喘吁吁地在追着车跑，风声在我耳边呼呼地吹，在地铁关门前他终于跑进了我的车厢。

他和我抱怨说有一天我会害死他。

"别担心，如果你病了，伤了，我会去照顾你的。"我在车厢里安慰他，胸脯拍得山响。

小远用极其哀怨的眼神看了我一眼，"那你能在抢救有效期间找得到我家吗?"

我低头不再说话。

基本上说，没有被我害过的朋友都不能算真朋友。

圣诞礼物

今年圣诞实在太忙了，一份礼物也没有准备。却收到了好些，因为都是关系很好，我都以脸不红心不跳的方式接受了。朋友的定义就是，我没有礼物给他，他有礼物给我，我还不觉得不好意思。

m 给我一大盒很精美的巧克力。我接过来时，笑出了声。m 绝不是那种以正常方式表达任何感情的人，居然在圣诞节送给我巧克力，太阳西边出来一样的新鲜。

看到我惊喜的表情，m 就慌了神，急急地表白："这巧克力不是礼物，是路过商场的时候看到的要过期的，丢在那里，买一送一，我看太便宜，就买了。你喜欢吃就吃，不喜欢吃就丢掉，这不是礼物……"

我连忙挥手打断他，又安慰他："知道了，知道了。这不是礼物，我不会放在心上的。"

连收到礼物都要假装没有收到才行。我认识的人都是些怪人，也许是我自己太怪？

新年夜怎么过?

男 A 问我新年夜怎么过? 我说睡觉过，不想出去凑热闹。男 A 说，“这怎么行，来和我过吧。我会给你一个最结实的拥抱。”

我心里狠狠地骂了他，又断然说了“NO”。虽然大家只是朋友，新年夜连个吻都没有，只提供拥抱，谁要? 还不如睡觉。

女 A（偏偏她的名字开头也是 A）问我新年夜怎么过。我说睡觉过，不想出去凑热闹。女 A 说:“那怎么行，你跟我们过。你新年夜不出现，我就到你家里把你揪出来!”

我唯唯诺诺地说:“知道了，老大，我从了。”

这年头，女人行事就是比男人霸气啊。不服不行。

怎样才性感？

小清新叶子对我说她的信念变革是新年变得性感。

小清新说："从小到大，别人形容我，居然没有一个人用性感这个词。你知道吧，人就是这样。没有的就想得到，你懂吗？"

我说："我不懂，但是要性感还不容易？丢掉你的学院风穿着。"

"好的。然后呢？"小清新问。

"性感路线第一条：露事业线。"

小清新尴尬地说："这个没有啊！"

"第二条：紧身衣！"我再来法宝，虽然自己也没有性感过，还是假装专家。

小清新又尴尬了："没有！"

"第三条：露腿！"

小清新更尴尬："腿是有的，总是穿长袜，还是不行！"

"那第四条：穿高跟鞋。"

小清新高兴了："高跟鞋，我有的啊。"

就她的两厘米鞋跟还好意思叫高跟鞋？

杰西插嘴替小清新抱不平："你说的性感都太俗气了，低级性感。我们讲高级性感。"

我就奇怪了："什么叫高级性感？"

同桌想了半天说："高级性感就是一种由内而外散发出来的气质！"

得，说了和没说一样。

梦

昨天晚上梦见八仙过海，我在岸上和人群挤在一起看热闹，想着看他们怎么过海。

后来才想起来原来我也是八仙之一，人家都过去了，喊我也快点儿。我一急就飞海里去了，也不知道我是哪一位仙，反正跳进海里，落在一个铝合金的推车上，超市里的模样，却有着水上摩托的功能，我就手扶着柄向海的那一边开。然后其他各路神仙开始海上表演，非常精彩。

这时又意识到我没有剧本，更不会演。因为不知道自己是谁，所以有什么法力也不知道，只好继续向前开。忽然看见龙王在我对面也开着一样的超市推车，向我冲过来。我就急了，旁边一个小男孩（也是神仙）提醒我停下来。于是我就停下来，和对面的龙王对视。

然后，导演说 cut。场景忽然变成了拍电影，我是演员。大家撤退了，我回到岸上。还在纳闷，没有剧本怎么演啊？

整理一下生活

朋友到我家，问起室友娜嘉的去向。我说不知道，出差了吧。朋友问娜嘉在哪儿工作，我说不大清楚。朋友说："你们之间是零交流吗?"娜嘉和我是室友兼好朋友这么多年，却不大一起混。偶尔在一起混，就突发奇想地做各种各样很二很二的事情，然后没心没肺地傻笑。最贴心的朋友，不必说话，也彼此懂。在我需要的时候，她就出现。不过我还是不知道她是靠什么生活。

m 忽然消失了几个星期，刚回来，说是在泰国待了几个星期。这人本来就来无影，去无踪，我也没在乎。然后他说："顺便说一下，我辞职了，不想朝九晚五上班，就辞职度假。反正我找工作也容易，接下来什么也不干，闲待几个月再说。"我到现在还不知道他是做什么的，在哪里工作，他就已经不做了。

另有一个朋友 j，因为都是看他在社交场合活跃，偶尔能看见他拍个小广告，一直以为他是混演艺圈的。最近他忽然说："我准备辞职。"我说"好"。他说："心情不大好。出去旅行，休息，一年或者两年不上班。"居然活得这么潇洒，我怒了。这时才知道他根本不是演艺圈的而是做期货的，不过他讨厌他的工作，所以从不提及。我认识的都是什么人啊?

昨天去了一个家庭音乐会，主人家大到像一个酒吧，家具摆设样样都有品位，看得我下巴也掉下来。色系是红白两色，客人们也都配合。音乐会是提琴四重奏，非常成功。不止是我，所有在场的人都非常感动，也许是因为身体里过量的酒精在起作用。据说作曲者谱写最后一首曲子的时候精神崩溃到自杀的边缘，发起人做介绍的时候，声音也哽咽起来。音乐家全情投入，音乐听得人汗毛竖起。我最近活得很困惑，内心一直摇摆不定，七上八下，自信掉入深渊。这一晚被音乐感动，鼓励自己继续按自己喜欢的方式活下去。

如果没有梦，生命还有什么意义?

伤人自尊的面膜

终于想起来用一下叶子旅行带回来的胶原蛋白面膜。

好好洗个脸，面膜敷上。

对着镜子一看，发现还有一小部分脸留在外面。

脸的面积太大，面膜盖不住。

我的自尊心！

同桌的教诲

因为和同桌（就是杰西）一组。两个人常年同甘苦，共患难，就把阶级感情培养出来了。从早到晚整天一起嘀嘀咕咕。她抱怨我不会打扮，我教育她需要减肥。另加一句，我鼓励她减肥，只是因为她强烈要求要减肥。

我的性格绝对可以划为外向，爱说，也爱笑。但是同时又不善表达自己。想法和感受都是藏在心里，打死也不说。这个问题，熟悉我的人都知道，同桌当然也知道。还好，近几年我学会了用文字来表达感情，自我调整，所以基本上心理还可以保持健康。

一连发生两件事情，我都是有求于人，但是不好意思开口。说给同桌听，她就教育我和对方直讲。我就去直讲，对方答应帮忙的都很爽快。回来我汇报给同桌听。她说想也知道。

然后她就念叨我："你这种性格不好，有话不直说。你想要什么就去要什么，人家最多是拒绝，拒绝又能怎样?"

我说："我不怕被拒绝，但是怕给人添麻烦，或者令人为难。一想到可能会令人为难，我就憋着不说了。"

同桌："这个性格要是结婚状态就太糟糕了。你不说，对方怎么知道，就是猜也猜不出啊。何况男人女人思维又不一样。不过……"她停顿了一下，想了想，又接着说："当然前提是你和男人结婚的话……"

后面她再说什么，我都没听到了。

你是风，我是沙

因为终于下决心打羽毛球，就上网买球拍。我这个一进淘宝网站就头痛的人实在是搞不定那么多款式不同，或者款式相同价格又不同的球拍。

有点儿抓狂，我一抓狂就喜欢唱歌，唱什么也不知道，反正就以抒情的方式表达痛苦。

今天唱还珠格格，天晓得为什么，连这个电视剧都没看过。

一边翻网页，一边极尽所能地抒情，唱："你是风儿，我是沙，缠缠绵绵到天涯。你是……"

抬头看见娜嘉正以极其迷惑的眼神望着我。

我问："你怎么了？"

她说："What are you singing about? You are crazy and I am stupid?"（你在唱什么？你疯，我傻吗？）

我愣住了，过一会儿回过神来，点头："说得对。你是疯，我是傻。"

半夜一点煮海鲜

朋友丁终于如愿以偿辞职休息，号召喝酒。我奉陪，虽然今天是周三。

说说笑笑不论，还意外地碰到了一个游戏、动漫人物作家。他是一个著名法国动画、游戏里面角色形象的创造者。

我不是艺术家，也不玩游戏，但是我爱动画。他从小看日本动画长大，风格完全受日本影响，我们谈起宫崎骏。

对方比我还兴奋，拿出身边的 iPad，给我看他的画稿、初稿、各个待选人物。越说越起劲，开始在网上搜他那部参与的排名靠前的动画片。指给我看他设计的人物，讲他创造的心路历程。我心里默记，明天讲给叶子听，鼓励她创作。

过了一会儿，我不好意思地告诉他这视频可能是盗版。他连连摇手说，没关系，没关系。有人盗版，还用心地翻译，说明这动画片在中国有市场，是好事。

然后我们又搜出很多中国人在网上学画他的动漫人物造型。他笑着说，他小时候就这样，模仿日本动画里面的人物作画。据他说，他做反叛人物最受欢迎，无论是在游戏里，还是在网上都有被模仿。

太晚了，明天要上班，我要回家。

朋友拎出来三包海鲜，说是收到的礼物，偏自己海鲜过敏不能吃。

于是我作为一群人中最可能做饭的人之一分到了一包海鲜。

因为不知道怎么保存，又不喜欢浪费，于是半夜回家煮海鲜。

家里什么配料也没有，就这么煮起来。看见白色的虾，慢慢地蜷缩成红色。

这一夜结束，新的一天开始。

我要睡觉。

偶　　遇

唇膏

今天上班运动装，被大家穷夸气色好。我说是早上心情好，多少化了一点儿淡妆。大家又说唇膏用得好，建议我每天用。

我说家里门厅里有一只饭碗，饭碗里十几支唇膏。都是室友的，她不用，觉得太浪费，放在外面给我用，我也不用。

有点小洁癖的叶子说："唇膏不好混用。"

我解释说："没关系，其实也就是我偶尔才用用。"

旁边一直默默听着，以江南温婉性格而著称的贤淑女子 JP，出其不意地说："为什么不能混用唇膏？混用的结果会变成同性恋吗？"

大家就地呆了一呆。

鸡蛋

小远提着重重的松饼和鸡蛋给我，说先放我家，他要出门，第二天再来取。

嘱咐他一定来拿。我不做饭，吃不掉。

结果他黄鹤一去不复返。

偏偏娜嘉也去出差。不想浪费，只好自己想办法消灭。

鸡蛋是一大盒很新鲜的红皮鸡蛋，8 只一格，五六格这样。

饼是高桥松饼，据说是当地名产，两层，每层 16 只。

一开始是晚上回来炒鸡蛋，买了香菇、胡萝卜、洋葱、洗洗、切切、炒炒，再洗洗。这样折腾半天，才能消灭三颗鸡蛋、一个饼，还破坏了我不吃晚饭的规矩。实在不上算。

只好改成早上吃。

每天早上要特别早起煮鸡蛋，煮的时候穿衣服、刷牙，穿好衣服，刷好牙，鸡蛋就煮好了。放在凉水里浸浸，泡一杯柠檬水，再回房间收拾包，抱着电脑玩一会儿。出来，坐在那里安心地喝水，吃鸡蛋，吃松饼。一边胡思乱想。

吃好了，呆发够了，就去上班。才知道，上班路上肚子不饿的感觉真好。

原来一盒鸡蛋就能把我养成早起吃早饭的好习惯?

虽然知道这绝对不是小远的本意。

累得牙齿都痛了

星期二，小清新打了一个小时的羽毛球。用她自己的话说是“在用生命打球”。

接下来，她从星期三抱怨到星期四，星期四抱怨到星期五。星期五还是没缓过来，抱怨自己“累到牙齿都痛了”。

觉得这句话经典，就记下。

怜香惜玉

难得在高峰期挤地铁，卡好位后，照例左顾右盼。

就在地铁“嘀嘀嘀”关门预警之间，一长发女子，不知从何处，最后一秒钟冲入东厢，结结实实地把自己扑在一位西装男子的背上。

“不好意思啊！”嗲嗲的道歉声。虽是道歉的话，却是又兴奋又羞怯的语气，满车厢的娇滴滴。

西装男子被撞得一个趔趄，听到女子的道歉声，却是满脸笑意，怜香惜玉地转身过去安慰长发女子。

长发女子抬起头，调整自己，显然很开心自己冲进这一趟地铁。我看到她的脸，怎么说呢？周星驰周爷的《功夫》看过吗？包租婆的年轻版。

与此同时西装男子也看到娇滴滴声音的主人，他布满笑容的脸顿时凝固了，脸上的各种器官迅速归位。

地铁车厢照样前行，人与人之间照样碰撞，一个曾经充满生活热情的西装男继续表情严肃地眼望前方。

他不知道我在不远处观察他。

有种对话叫白痴

周末别人上班我们放假。本来说和叶子出去一起努力，积极向上。我写字，她画画，制造一小片社会和谐景象。

我电话里对叶子说："来我家楼下吧，好几家咖啡厅。有的环境特别好，有的咖啡特别好。"

她太懒，不肯："你家太远，还是来我家吧。"

"我家到她家的距离"不是和"她家到我家的距离"一样吗？

"我家楼下有一家星巴克。"她继续说。

"不喜欢星巴克的咖啡。"我也矫情。

"这家环境特别的好。舒适宽敞，大桌大椅还没人。"

我被打动了，抱着电脑问："那，你家楼下的星巴克有电源吗？"

电话那端明显地沉默了几秒钟，"应该有吧。"

我放心了。想着，那就走过去她家那里，今天阳光这么好。

小清新还在继续刚刚的话题："那，我想，应该有 dianyuan 吧，哪个咖啡店里没有几个 staff 的。"

我愣住了。"'电源'不是'店员'。我说的是 charger！"

我怎么可能说——"请问，你家楼下的星巴克里面有没有店员？"

是金子总会发光的

同事说：“是金子总会发光的！”

大家一阵狂笑。“你还相信这种谎言？”

“可是我在家里都是这么教小朋友的？难道不对吗？”同事困惑。

“小朋友可以信，但是你不能信。”围观团在此点醒。

就此大家对成功是怎么来的这个问题做了一番讨论。天才是要的，努力是要的，最重要的是背景和运气。

我是围观者的围观者，我相信是金子总会发光的。因为知道自己是少数，所以沉默不语。

很遗憾自己非金非银，只是一块泛着黄色的光的铜板。

不过还好不是金子。这么不设防的人，如果真的是一块金子，在当今的大环境下估计要死一百次……而且每一次都不清楚自己是怎么死的。

SPA

在 SPA 护理头发，人很少，环境很好，迷迷糊糊要睡着了。

“妈，我要和他离婚!”晴天霹雳一声，一个女人尖锐的声音。我醒了。

“对，我上星期摸到她们家了，甩了 ta 两个嘴巴子。怎么了，不行吗?谁让那男人在那里藏几千万。几千万啊!”

“我有证据。都不是好人!”

“离婚! 不过了，不守了。不离要把我也抓起来了。怎么着，还要我告到纪委吗?”

“你别管，也不要劝。离婚。”

她挂了电话，那是一个外表绝对称得上美丽的女人。旁边是她还在读书年纪的小女孩。

“××，把头抬起来!”她对自己的小孩温柔地说。

现在反腐不光要靠二奶，还要靠原配。只要存在利益分配不均。

只是可怜旁边那个惊慌失措，又要假装什么也没听见的小女孩。

我的笑声里

和叶子在走廊里面说话，两个人最近都被工作搞得筋疲力尽，休息一下就凑在一起把笑话说得淋漓尽致。

说了什么，做了什么，两个人都忘了。只记得我们在笑，叶子也笑得很厉害，但是她是小清新，笑得再大声也比我文雅。

我们笑完，叶子忽然说："人家说，走廊里面笑，办公室里面都听得见的。"

我手一摆，没关系。

两人进门，打开电脑，继续埋头干活。好像什么也没发生。

先是同桌（杰西）说："刚刚听你在走廊里笑，既爽朗又淫荡。"

我愣了愣，很认真地琢磨一下这两个词搭不搭。然后决定两个词完全不搭。摆摆手，继续干活。

然后叶子从南瓜那里收到 E－mail，说是老远就听到我的笑声。

我有点儿警觉了。她们再讲笑话，我就捂着嘴"扑哧扑哧"地笑，人差点儿憋出内伤来。

同桌说："你这是闷骚地笑。"

郁闷。

真女人特别来传话。据说她们那片的同学也听到我的笑声。我们办公室占一层楼。

第一声时，据说宝拉同学这样评价："好像森林里的仙女。"

这样的评价比较中肯，我表示可以接受。

第二声时，宝拉又说："仙女可能在洗澡！"

这，莫非，是传说中的爽朗且淫荡的版本？

决定从此之后，笑还是可以笑，但是要低调。

公车站遇见的男人

见到他的一瞬间，立即被他吸引。他黝黑的皮肤，结实的身材，修剪得不可能再整齐的胡须，紧紧地贴在清瘦的脸庞上。他穿着深蓝色 Kappa 运动上衣和同色牛仔裤，外挂式的白色耳机挂在脖子上，干净清爽。最与众不同的是，不管看向哪里，他嘴角都略带着轻蔑的笑容。接下来的一整天时间里我一直怀疑，也许他根本就没有笑。

他和他的车慢慢地过来，慢到电视里的慢镜头一样。

我也放慢脚步，只希望能看他看得更清楚。事实上我从来都没有走得更慢过，何况这是异常繁忙的清晨。

还是擦肩而过，他的目光从来没有在我的方向停留过一秒。

他一直关注的是路边的垃圾箱，他是一个拾荒者，他的车是一架平板车。

从来没有看过那么整齐的平板车。被了、鞋了、锅碗瓢盆都以最科学、最节省空间，也最方便的方式摆放着，他的生活，都放在一立方米的空间，清清楚楚。

公车来了，我没有上车，干脆站在那里盯着他的背影看。

他向前又走了二十米左右，停在一家报亭前。把自己的平板车停到路边，人走向报亭，不知道和报亭主人说着什么。

他们说了很久，拾荒男人没有离开。

又一辆公车开来，我犹豫了一下还是上了车，开启了每天一模一样的工作程序。

心里忘不了看见拾荒男人时的惊愕。如果有一天我一无所有，也无法做一个优秀而精致的拾荒人。还是不能一无所有。

不靠谱人的不靠谱事

我想，这个世界上有“不靠谱”教这一宗教的话，我不但会入教还有可能当教主。郑板桥是教宗，他老早就说过：“难得糊涂！”

最尴尬的被搭讪

走出地铁，不远处有两个男子，看样子是来上海出差，下了班到处逛逛。我为什么可以这样结论，因为他们身上散发出理工男的气息，还东逛西看，本地男人是不会两个理工男一起在新天地这种地方逛的。我为什么能得出这么多结论？一是因为我对感兴趣的人观察很仔细，二是因为我对两个人感兴趣，两个理工男气质很清新。

我这人是路痴这个事实就不用多说了，现在从我家去地铁我还总是走错方向。于是在新天地的附近，我走走停停，停停看看，又因为穿了高跟鞋，走得极慢。

这样走了很久，走错路又折回之后，还是又看见了这两个人，他们走得比我更慢。大概是商量过以后，其中一人过来搭讪。（为什么说是搭讪，而不是问路？第一是因为我当时打扮很漂亮，第二接下来看。）

他先说 Hello，又说你好。我回说你好之后，他们讲普通话。

他说：“请问，新天地在哪里？”

我迷茫地四周看看，然后指着后面的方向说：“在那边吧！”

此人当时没说话，跟他在一起的男人明显凌乱了，指着我的正前方说：“你看，不是就在那儿嘛！”

我就笑起来，新天地就在我眼前，完全没看见：“哦，不好意思，我是路痴。”我坦白承认，心想，你明明知道新天地在哪里，还向我问路？不知道我也在找路吗？

“你也是外地的吧？”理工男二号又问我，“你要是找不到，有地图吗？

我帮你找。”

我就说，我不算外地的，只是路痴而已，转转就找到了。这时候，朋友打电话来，说一个小时前就出来的人这么近的路怎么还没到？我说就要到了。两理工男在我打电话的工夫散去。

最终找到地方的时候，才发现我在此建筑前经过两次没有认出目的地。

什么是艺术

娜嘉的朋友米兰到家里做客，我也在。娜嘉说米兰认识 Marina Abramovic。我最近正迷她，就聊了起来。

说到后来，我们都感叹上海的艺术氛围太淡，什么都是以钱为本。米兰说想认识更多的年轻艺术家，发现更多的好作品。

娜嘉问："那艺术家一定要会画画吗?"

米兰说不一定。

我说："只要你够有创造力，其他人也承认你有创造力。你就是艺术家，你的作品就是艺术。"

娜嘉说："那我把屁屁上涂满颜料，一屁股一屁股地坐画可以吗?"

米兰说："可以，但是有人做过这个。"

娜嘉说："那我把胸上涂满颜料作画，一路画过去，可以吗?"

米兰说："可以，但是有人做过。"

娜嘉说："那我没有小弟弟，不能够了。要不然可以用来作画。"

米兰说："可以，但是有人做过。"

原来艺术无疆，人受限，心有界。

清晨的公车

早起，坐公车上班座位是没有的，站在那里倒也不拥挤。

站在一个小女孩的面前。她有五六岁，小小的圆脸，有点儿胖，胖得可爱。

她一直盯着我看，我没有回应。早上才起床，脑子还不算清醒。

过了一会儿，小女孩忽然在座位上滑动，好像座位本来就是她的滑梯。她把自己滑在旁边爷爷的膝盖上，坐下去，继续看着我。她的爷爷面无表情，大概也和我一样还不清醒。

我笑着对小女孩说："没关系，你坐吧。"

她用标准的童音说："我要下车了。"然后继续看着我。

我坐下来，就在她的旁边。她不再看我。

"她为什么一直看我，她希望长大变成我吗?"我想。

中　医

朋友的男朋友是西班牙人。

他的脚出了毛病，怎么也治不好。朋友就带他去看中医。

到了中医那里，老先生坐在看诊的桌旁，在桌上放了一个小枕头，轻轻地拍了拍枕头，要他把手放上去把脉。

然后他就转过头去和朋友问诊。朋友的男人英文不大好，中文更别提了，问了他也是白问。

两人正说话，朋友忽然惊叫起来。她看见自己人高马大的男人，正无比痛苦地把自己生病的脚抬到桌子上。桌子高，脚又有病，他闷着头抬着腿，满脸写着一个囧字。

医生也慌了，两人阻止他抬病脚。

中医大夫也是，你光拍枕头，也不说清楚。病人来看脚的嘛，当然要抬脚给你看。

文化差异，不经历，还真不觉得。

在中国，减肥有多重要

有一朋友，就不点名了，反正是女的。

她有抽烟的习惯。

她常在一家小店里买烟。她每次去这家小店买烟，店主都热情照顾她。

一年前左右的时间，她有点儿胖，其实还好，因为不是中国人，也没有减肥的压力。可是有一次去小店的时候，热情的店主说："哦，你怀孕了。"

我的朋友就逃也似的出来了，再不去那家买烟。

大概最近两个月吧，她锻炼得很认真。我们偶尔会一起挥汗如雨地跳操，跳完之后我就虚脱了，她还能再来一套腹部运动，体力比我强得多。

脱胎换骨之后，她今天再去同一家小店正名。店主倒还记得她，说："哦，好久没见了，你生过小孩了？"

朋友回来和我说："不知道为什么，还觉得有点儿骄傲似的。"

这就是为什么。在中国，不减肥，步履维艰，心理要极强大！

你还没来， 我怎敢变老？

打电话给妈妈，告诉她我和她介绍的企业高管见过面。老妈的社会圈子不够高档，不认识什么高大上的有钱人。终于有人愿意帮她替我介绍一个企业高管，妈妈真是乐得坐立不安。我却不争气，见是见了，没开始就结束。妈妈仔细问我都说了什么，我当然不肯细讲。

“你真不知道珍惜，这么好的男人和机会放在面前你也不争取。”妈妈恨铁不成钢的语气就是藏不住。

“没有不争取，人家不喜欢我，我有什么办法？”我混过关。

“你的本事我还不知道？你要是讨人家喜欢，人家能不喜欢你？一定是你给人家脸色。”

“我哪有那么好？你是我妈，就以为世界上的男人随我选。这男人上来就说他很受欢迎的，好多女人喜欢他呢。”我藏不住地笑。

“一定是你爱理不理，人家被你气到才会这么讲。你以为自己长得漂亮，看起来又年轻，读书读得好，好像自己本事挺大，就觉得有资格挑剔！”

“唉，这话听上去倒像亲妈说的，怎么从前没有听过你夸我？”我笑得更大声。

“现在上海像你这样的女人也太多了，男人随便挑，可不就都挑剔着？”

“哦，那不是更没有希望了，你就不要再给我找相亲男人。”我开始公开对抗。

“有时候我真的恨你，你怎么这么不懂事，不听话？”

“我哪里不听话？”我也高声起来，对自己的家人有时候就少了耐心和礼貌，这个想想自己都不好意思。

“我小时候，你常对我说要是不结婚就好了！一个人过多自在，想做什么就做什么。结了婚，人就被绑住了，被老公、小孩还有责任感绑住了。每天也不知道为什么忙，日子过得有什么意思？我变成现在这样都是因为你的影响。”

“你这孩子。我什么时候说过这些话？”妈妈像吃馒头被噎住一样，不作声，然后又赖账。“我说一句，你总有十句在那里等着。除了会说，你什么也不行。”

我只是在电话这边笑。她说的那些话真真切切在我耳边，连当时的场景也还记得。她坐在床上打毛线，有一搭没一搭地看电视。妈妈很会打毛线。我就依偎在她身边看书。电视机里面放着一些当时流行的电视剧。放的什么倒是不记得了。那时候，爸爸在外面做生意投资失败，到处借钱。妈妈只好一次又一次替他还钱。

我没有和妈妈对质这场景。问她，她也只会承认在床上看电视，打毛线。我的童年岁月本来就是在床上陪妈妈打毛线、看电视过来的。

“你做人这么不现实，我难道不是为了你好吗？从小你就这样，让我操了多少心？”妈妈继续在电话那边唠叨。

我把电话放在一旁，打开电脑开始上网。听妈妈骂固然是有孝心的表现，伤害自尊还是不划算，还是假装听听就算了。一会儿买件漂亮衣服快递回家，哄哄她开心。

也许还是没有小朋友的好。万一生养一个和我自己一样让人讨厌的孩子，还不是让自己不得安宁？

午　　餐

和几个人一起吃午餐，除了我以外都是德国长大的孩子。为了迁就我，大家讲英语。

一开始讲健身。在座一个亚洲男孩的身材真是全身肌肉。我虽然不健身，但是也偶尔锻炼。虽然只是偶尔，懂的比练的多，算是跟得上话题。

其实心里知道那样的肌肉肯定不是正常锻炼就出得来，蛋白粉也不知道吃了多少。但是国外长大的亚洲男孩子因为一般个子矮没有优势，就都喜欢长肌肉，这也是没办法的事情。

说到锻炼时大量出汗，每个人都感慨。我说我喜欢出汗，喜欢那种毛孔都被打开、酣畅淋漓的感觉。但是我汗腺不发达，为了出汗，要想很多办法。

说完这话时，差点儿被小伙伴们打到桌子下面。才知道有很多人都有出汗太多这个问题，被折磨得苦不堪言，差不多当疾病来对待。

原来，我还算是幸运的。

从出汗讲到桑拿。

他们都喜欢桑拿，给我讲在德国桑拿时的趣事和欧洲各个国家间桑拿文化的不同，我听着听着就纳闷起来。

“等等，”我打断她，“你们桑拿是不穿衣服的?”

“不穿。”

“男女混桑的?”

“混的。”

“什么都不穿?”

“什么都不穿。”

“内衣也不穿?”

“如果一定要，你可以带浴巾进去。”

“什么都不穿?”

“什么都不穿。”

我说，真是处处皆学问，吃顿饭，又长见识了。

说起什么都不穿，话题很容易继续下去。

娜嘉问大家知道不知道 FUCK 这个词的起源。

我们当然不知道。

据说这是一个缩写，原话是 Fornication Under Consent of the King（大概是这个写法，我没去查）。

据说，英国有段时间小孩子生得太多了。为了控制人口，国家颁布法令：如果夫妻想做点儿什么室内运动必须有国王的批准。国王批准了以后可以回家去做，还要在外面挂上小旗或者什么标志。意思是我们有执照，可以做一做了，如果做出小孩也是合法的。

走廊遇到的大哥

和叶子去厨房倒水。

办公室的走廊装修还不错，但是暗，暗到什么程度？我曾经和叶子在大家都下班后在走廊里拍鬼片。（当然是我演女鬼，这种性感角色非我莫属！叶子是摄影、导演加后期。说起来也是才女一枚啊。）

说回我们倒水途中的走廊。对面走来一个男人。我们这里外人很少，男人更少。这个穿笔挺黑色西装，头上打至少半斤发胶，还戴着一副墨黑墨黑的墨镜的男人，在悠长的昏暗的走廊的另一方向向我们走来，一边走，一边有节奏地打着响指，还轻轻扭动身体。

我和叶子顿时石化，一时无法接受。我当时就感觉我是通过什么界面误闯进日本动漫的世界里，面前走来的是动漫世界里的日本黑社会。（叶子后来说，她当时确定这人是在拍恶搞电视节目，一定有一部摄影机不知道在哪里悄悄地对准我们的脸。）

话说，这个穿黑色西装，打无数发胶，在悠长昏暗的走廊里戴着一副墨黑墨黑的墨镜，一边走，一边还打着响指，扭动身体的男人，向我们走来。走到我们的面前就停了下来。

我和叶子内心那叫一个慌乱。

男人对我们说："哎，男厕所在哪里？"

叶子表情弱弱地用右手食指向男卫生间方向指了指。（请自动补齐动画片里的场景）

我以更弱的语气，好心地提醒："男厕所锁着，刷卡才能进。"

男人本已离开，瞬间又回过头来："那怎么刷卡？"

我很无辜："不知道，我没进去过。"

男人这次彻底离开了，还是潇洒地走。

叶子和我憋笑憋到内伤，快速走进女厕，然后狂笑。

无数次想起走廊里的那个男人。他的黑色西装，他的无数发胶的发型，他在昏暗走廊里的墨黑墨黑的墨镜。他的响指，他的身形……在我们的记忆里，他的形象是那么鲜明，像周星驰周大爷电影里的经典出场造型。

人蠢，不能怨社会

清晨，迷迷糊糊地等公车。看见自己要坐的公车开过来，又看见公车停在自己面前。

几个与我同路的幼稚园小朋友和他们的爸爸妈妈爷爷奶奶都没有像平常一样冲上去。

他们不冲，我上吧。我磕磕绊绊地挤上公车，把自己成功地卡在车门里。

今天这辆车分外地拥挤。

车到了平常该停的站，没有停下来，我心下疑惑。

当车停下来的时候，到了以前从来没有经过的路线。

终于明白，坐错车了。

只好下车，不可能走回去搭对的公车。这个时间，也不可能打到出租车。

只好走着上班。还好今晨阳光灿烂。

路过大街小巷，清晨看起来都有不同的生活景象。一个一个早餐摊位像雨后的蘑菇一样，从各处冒出来。老板熟练地做早餐，收钱，忙得头也抬不起。

人蠢，不能怨社会，只好自己认。

给自己买了早餐。再给同事买早餐。一路逛过去，居然也没迟到。

还好今天出来得早。

独角兽是只什么兽?

有这么一套心理测试，简单有趣。别人测试我，我也测试别人。

心理测试是这样的。(请说出你的第一反应)

有一天，你走到森林里，看到的第一只动物是什么?（答）那么第二只动物是什么?（答）那么第三只动物是什么?你再往前走，看到一幢木屋，它的门是锁着，关着，半开半关的?有一只动物从小院子里出来迎接，这只动物是什么?走到院子里后面，草坪上有小花，小花的颜色是什么?

答案是

第一只动物是你在别人眼中是什么动物，第二只动物是你是一只什么动物，第三只动物是你想成为什么动物。小院子里出来的是你希望你的另外一半是什么动物。

答案五花八门，十分有趣。森林能看到松鼠、兔子或者小鸟什么的还好，但是也有人看到老鼠、鳄鱼或者蝴蝶。蚊子也有，鱼也有。（森林里有鱼?）也有些奇怪的，比如熊猫，半狗半狮子什么的。伴侣一般都是狗、猫这样的动物，也有狼啊、长颈鹿、胡萝卜。（为什么院子里会有长颈鹿出来?）

小清新叶子吞吞吐吐，未说先笑，她看到的第一个动物是“驼羊”。(谁在森林里能看到驼羊?不过这样的神兽也只配小清新。)第二个动物是rilakuma轻松熊。(这简直就是她的卡通自画像。)第三只动物就更神，独角兽。“就是《哈利·波特》中的那个”，她接着说。看看人家这想象力，能不是艺术家吗?

我不知道《哈利·波特》里的独角兽是一只什么动物。我知道的独角兽是白色的马，有光的边，有会飞的翅膀，飞在彩虹上，飞向天堂。

正想着，某某某说：“我见过独角兽!”

大家顿时一阵骚乱。我内心凌乱，不知所措，不知所问。

“在尼泊尔看到的。”某某某补充。

大家乱得更厉害，尼泊尔这地方，各种问题蠢蠢欲动。我疑惑到极点。

“它很凶的，大象也不怕。”

大象也不怕？神马应该不怕大象吧。我在一旁独自想。

“一只大象它不怕的，但是几只一起就怕了。”某某某像讲书人一样站在中间，所有的小朋友们都聚在一起仰着头，托着下巴听故事。

“那么，你说的是犀牛吧！”小清新试探地问。

“哦，是犀牛。”某某某不说话了。

“哦，犀牛啊！！！！！”大家说。作鸟兽散。

某某某对我说：“如果你要写今天发生的事情，不许写我的名字。用‘某某某’做名字。”

但是，故事是我写的。小清新叶子已经出现在这期故事里。某某某是谁还用我说吗？但是为了尊重主角的隐私要求，还是以某某某这个名字掩耳盗铃。

独角兽是只什么兽？《哈利·波特》里的独角兽是只什么兽？我只知道不是犀牛。

某某某是杰西。

青蛙、癞蛤蟆和牛蛙

杰西明天起去西藏二十几天，大家明里暗里都替她捏了一把汗。话说我这片区的人过几天就都散出去玩儿，足迹很快就踩在各大洲。

我去的地方最近，但是因为是热带海边，也是自己欢喜的。更何况我最近还在王平姑娘的威逼利诱下学会了游泳。她把我带到游泳馆，丢在泳池，告诉我“不要怕，怕什么?”就自己该干吗就干吗。说也奇怪，我在水里泡着泡着，在不怕的那一瞬间就会游了，到现在也说不清怎么回事。

“你会什么游泳，狗刨式吗?”杰西问。

“蛙泳，反正敢漂在水上那一瞬间就会了。”

“癞蛤蟆式?”

“不是癞蛤蟆，癞蛤蟆生活在陆地上。青蛙在水里。都是蝌蚪变的。癞蛤蟆身上疙疙瘩瘩的，有阻力，不适合游泳。青蛙是流线型的，且身上有黏液，适合游泳。”

大家点点头，有些同意我的说法。

“癞蛤蟆和青蛙生出来的是不是就是牛蛙?”杰西忽然问。她是城里长大的小孩，问出这种奇怪的问题也不算奇怪。

“牛蛙是生活在树上的!”我忽然大声且肯定地说。

周围一片安静，接着所有人都面面相觑。继而有人开始提出质疑：“不会吧?”“怎么可能?”

一片质疑声中，我也傻掉了。脑子里不知怎么有这个印象，想想也觉得不大可能。

刚刚转班过来的玉丹同学，做派一向豪爽，大喊一声：“我来查!”说做就做。细细地查看青蛙、癞蛤蟆和牛蛙的区别。牛蛙当然不生活在树上，我丢脸丢到家。不过学点儿知识也很好。

玉丹学习学上瘾，认真学习各种蛙知识。她吃惊地发现原来癞蛤蟆还是中药，可以治好多病。“还能治外阴溃烂！”玉丹大声朗读。

大家就默默走开了。

美容院过招

在按摩床上一边享受着按摩带来的放松感觉，一边有礼有节地拒绝按摩师兼美容师的产品推荐。

“我的皮肤蛮好的，不需要特别保养。”我语带慵懒地说。按摩师的技术真是好，按得人的眼睛都睁不开，整个人只是犯懒。

皮肤状态很好倒是真的，化妆品是能不用就不用。皮肤没有了负担，反而显得有光泽。那些大牌天价保养品的成功之处都在于挖空心思循着消费者心理做广告。让恐惧岁月流逝的女人心甘情愿地把口袋里面的钱都交出来换取装在瓶瓶罐罐里的永葆青春的魔咒。这魔咒成本可能只有几十元人民币，加上关税、市场推广、门店租金、内部装修、经营成本、工资抽成，市场价千元起步也不算奇怪，千元换来一句“妈咪妈咪哄”，大约这就是巫术的现代化。

说着说着扯远了，还是回到按摩床上。此刻美容师也啧啧称赞，说好长时间不见我做美容，皮肤反而更好。听着她半真半假的赞美，我在她温柔指法下昏昏欲睡。按摩师忽然话锋一转，说了句：“你应该去医院检查一下。”

我立即警觉起来，睡意全消：“为什么？”

“你背后有好多节，可能乳房有小叶增生。这种东西前后都关联的。”

一听是这个，我又放下心来：“哦。小叶增生的话就不用去医院了。去了也治不好。现在中国多少女人都是小叶增生。”

按摩师温柔又关切地派出一张张温情牌：“是啊，现在女人小叶增生的真不少。一定是你平时工作太辛苦了。而且有事情也不说，坏情绪都闷在心里，得不到排解……”

这些推心置腹的话语若是碰到其他客户，说中心病的概率非常大。现在的女人上有公婆，下有小孩。内防小三，外防同事。再加上压力大到做不完的工作和微薄到不合情理的工资，生活不尽如人意的种种真是手加脚也数不过来。又不好与人说。告诉了别人就是授人以柄。说中了客户的心事以后，按摩师可以再体贴入微地跟进几句巩固。什么“女人最重要的是爱自己”之类的，美容卡的销售就可以大功告成。本月的销售指标也就更进一步。但是今天的销售人员不走运，碰到的是我这种一无所有到连心事都懒得有的客户。没男人，没小孩，父母不管，工作轻松。我这样的人也说压力的话实在是有些矫揉造作。

我把手轻轻一摆，阻止美容师继续讲下去：“我工作一点儿也不辛苦。心情也从来都不郁闷。”

这时候房间里面忽然出现“嘁嘁咔咔”的杂音，然后是个机器人一样的声响：“transformer！”

按摩师下意识地停手，四处观望。

“是我手机上的短信，不用理。”手机短信是有一天我心血来潮的时候自己录的变形金刚变形过程中的提示声音。嘁嘁咔咔的杂音是用透明胶纸摩擦做出来的音效，模仿机器变形时的变身伴音。每天的精力都投入到这种杂七杂八的事情上，哪有时间郁闷。

“哦，吓了我一跳。”按摩师犹豫了一下，接着刚刚的话题说下去。“当然啦，小叶增生也有其他原因。”她忽然又不说了，空气中有一丝丝的尴尬。

我立即明白按摩师的意思和她为什么停下来不讲，也许我的小叶增生是长期没有滚床单导致所有的荷尔蒙都聚集到乳房的结果。当然这就是事实。虽然如今这世界，女人单身与否和是不是有人在晚上陪滚床单不成正比。有时候还成反比。但是我单身单得决绝，卧室里的床单上滚来滚去的只有自己。

为了减除这种尴尬感觉，我赶紧转换话题。提起我吃了太多含有激素的食物，平时吃很多养殖的鸡肉、鱼肉之类，都含有大量激素。

按摩师很上路，积极配合，两个人感叹了半天中国的食品安全。说着，说着，我也丧气了，不明白中国人到底怎么了？害别人，还害自己，图个什么呢？

“都这么说，来做脸是为了别人做，来做身体才是为了自己。没有什么比健康更重要，你不来做脸可以常来做身体按摩，精油去毒啊什么的。”按摩师还是不让我睡觉，继续循循善诱。

我图清净，投降：“好啊，我尽量常来。”

“那你就买一张按摩卡好了，要么干脆买一张综合卡，偶尔想做脸也可以用。”按摩师当然乘胜追击。

“我不用买卡，用慧霞的卡就可以了。”

“哦，那也行。”提到慧霞，按摩师就把这个话题暂时放下来。

衣帽柜子里又一声“transformer”，我还是一点儿想看短信的欲望都没有。工作上面的事情只要下了班就与我无关。生活中也没有暧昧的短信让我惴惴不安地等待。朋友间要是有重要的事情自然会打电话，可以用短信说的都是我的那些狐朋狗友的和我一样无聊的短信。

按摩师真是坚持不懈的榜样。“其实我们这里消费也不是很高，一次也只有几百块，一般来做美容的也都是你这样的小白领，也并不是什么富贵的人来。”

这样的伤人自尊的推销方式实在有些好笑。我在脑子里面又仔细过了一遍她的话，情不自禁地笑出声来。不过认真说起来，按摩师按摩美容都是靠体力和技术，卖会员卡更要靠脑力。这样体力脑力一起用，白天黑夜地工作，赚的钱比我这个小白领多也不奇怪。

按摩师被我笑得摸不到头脑，谨慎地不再跟进。又有短信进来，我请她把手机拿过来，看看短信，换换节奏，按摩师转身出去，给我空间。大概是也要和同业抱怨一下这个油盐不进的客户。

第一条短信是小远发来的：“老刘，今天你不要忘了来我的生日party！”不愧是闺蜜，了解我！我已经把他的生日忘得一干二净，赶紧回短信起誓发愿我一定人到礼不到。

第二条短信是文雯：“我要疯了！我到底该怎么办?”

连事情的来龙去脉，谁是谁也没搞清楚，我直接回信：“离开他！”看过文雯和她男朋友的爱恨情仇太多次，实在不想次次都理出脉络再建议。反正每次都是他的错，她都应该离开。反正最后她都不会离开。

假期十一

假期趣事一

宁两口子去泰国，在很临近的时候买到了很便宜的票。高峰期，只有两千多人民币的往返特价票。然后他在群里吹哨子，号召大家同去。一个小伙伴响应号召，也迅速订了票，与其同去。

出行当天晚上，宁两口子仗着非交通高峰期，在家磨蹭。离飞机起飞一个半小时才离家。结果碰到不认识路的出租车司机，一个小时才到机场。飞机也难得准时起飞，这两人成功地误了飞机。

关键是他们的小伙伴已经去了。两人只好又买了下一班飞机的全价票飞。

有钱也不是这么花的。

假期趣事二

我和娜嘉在越南美奈的度假酒店里，每天除了吃喝游泳，就是在泳池旁的躺椅上晒太阳。人晒得七荤八素，或读书，或睡觉，十分惬意。

泳池边的太阳椅是在椰子树下的，环着泳池一排。

娜嘉说："怎么办？树上掉下椰子把我砸死了怎么办？"

我说："怎么会？那是什么几率，轮不到我们度假的人。"

娜嘉有点儿懊恼："怎么不会。你知道每年被椰子砸死的有多少人吗？我要是其中一个怎么办？"

我实在没办法，说："要不，你找个安全的地方。我坐在这里好了。"

娜嘉更恼："你要是被砸死了，我怎么办？"

我也不知道。都被椰子砸死的人，哪还顾得了那么多？

假期趣事三

杰西去了藏北三个星期，回来以后修炼成汉子。她说大家都夸她瘦了，我不以为然。

“不过没以前那么胖，胖还是胖的。”我实话实说。

大家都笑。

假期趣事四

我对超人李说：“对不起啊，没有给你带礼物。越南适合买给男人的礼物实在没有。”他说：“越南不是没有合适的礼物，是你不会买给我！”“什么礼物？”“越南新娘啊！”大J一旁说，还是她理解小兄弟，大家点头同意。我就说：“懂了，姐现在开始攒钱，下次去越南给你买个新娘回来。”在旁边的大J更为豪爽，手一摆：“不用你攒钱，我们可以大家凑份子，给他买一个回来！”

这都是怎样的同事情谊啊？啧啧啧，自己先赞一个。

我和孩子他爹的故事

一个帅气的意大利同志朋友一直想要一个小孩。我有时候想想有个自己的小朋友也挺好。虽然和这个同志朋友很少见面，见了面就讨论下两个人各种可能的将来。我一般都叫他：“孩子他爹。”

因为孩子他爹的年纪太小，事业还未稳定，他要我等他事业变好，赚钱增多，稳定下来再考虑生小朋友。我当然肯等，又不急。

其他朋友说我们的小朋友会很漂亮，因为这个朋友长得很帅。

我说：“倒不在乎他帅不帅。看中的是他智商高的基因，想要一个头脑聪明的小朋友。”

朋友听了我的话，认真地想了想：“如果这个是你的要求的话，我不但要周末和小孩子在一起，一周也一定再有两天时间和小孩在一起。”

我奇怪：“你为什么要那么多时间？我也要和小朋友一起。”

朋友说：“就是不想小孩子跟你一起。和你在一起太久，会受影响，小孩子智商变低。”

素　描

每天公车上班，都会遇到些有意思的人，写两个素描。

故事一：一位伯伯

这位伯伯年纪有一些，头发银白，行动迟缓。上车以后慢慢悠悠地径直走向车中间的老弱病残席位。他拐杖一出，众人纷纷退让，摩西过海似的分出一条路。老弱病残席位上正坐的是一位模样整齐的姑娘，赶去上班的标准白领打扮。她及时地看到伯伯正向她的位置走过去，立即闭上眼睛打盹。老人倒也没说什么，拄着拐杖就站在老弱病残座位旁边。

到了一个大站，大家都下车，女白领站起来准备下去。一直站在她旁边的老人还是神闲气定，拄着拐杖站在座位旁边，把她的出路堵死。那姑娘大概是因为刚刚没有让座有些心虚，也不好说什么。只呆呆地站着，可怜见地看着老伯伯，眼睛睁得老大。老伯伯根本就不看她，也没有想退让的意思。满脸一副看你把我怎么办的神情。

我这边虽然看得热闹，毕竟自己也要下车，也不知道这官司是如何结的。

故事二：一位阿姨

阿姨大概有七十岁的年纪。穿着老式样的杏色真丝半袖衫，领口、袖边都绣着金色的碎花。长到膝盖的黑色一步裙，脚上是同衬衫一样颜色的皮质凉鞋。头发大部分都白了，根部还有些灰，短短的，丝丝根根地梳理得整齐。身材保养得很好，瘦是瘦，却不干瘪。坐在那里，像一杯温温的白水。她膝盖上放着一个文件袋，背挺得笔直。

站在阿姨对面还有一个女人，五十岁左右，大概是有些认识的邻居。身材微胖，穿着绛紫宽松半袖衫，家常款式的白麻质地裤子，也是宽松。

烫过的头发估计要染成酒红色，结果是和半袖衫同款的绛紫色。穿着绛紫衣服的中年女人站在穿着杏色衬衫的阿姨面前大声且快速地讲述着家长里短，全车人都听得见。她抱怨着自己因为不是独生子女而不能生二胎的儿媳妇，抱怨着孙子的身体状况与饮食结构。“还是外地人的孩子好。就放养在外面，吃不好，穿不像，每天脏兮兮地到处都摸，长得还特别结实!”中年女人说。杏色衬衫阿姨一般不搭话，只是和气地听着。脸上既看不出赞同之色，也没有鄙夷之情。

“你中饭哪里吃?”中年女人问。

“学校里面吃。”杏色衬衫阿姨回答。

我的注意力一下子被吸引，心里猜想什么学校会雇用年纪这么大的阿姨当老师?

“老年大学里面都有午饭的啊?”绛紫衬衫自问自答地点点头。一个座位空下来，她赶紧坐过去，不再聊天。

杏色衬衫阿姨原来是去上学的路上。

站在她们附近的我，整理了一下皮包，把腰挺挺直。

鸡爪的故事

朋友马拉最近才来中国，她对中国没有什么了解，也谈不上热爱，前前后后上司游说了她三年，许了她无数的福利与机会，她才下决心来上海。她对中国的了解仅限于Lonely Planet – China。来到中国后虽然物质极大丰富，房租就是我工资的几倍数。但是精神上的迷茫也可以想象。

一天，我们约好吃饭，她神秘地说："我有一件礼物送给你。"我说："什么礼物?"

她从包包里扯出来一个塑料袋子，袋子里装着几包泡椒凤爪，递给我。我当时笑得满口茶水乱喷。问她："你从哪里搞的这些东西?"她摇摇头叹气："是同事给我的。"

我狂笑，因为知道这份礼物会给她感情上造成多大的伤害。对于大多数的西方人来讲，对中餐的了解来源于他们本地的中餐馆，而且是专门做老外生意的中餐馆和外卖。被齐口称赞的中餐对他们而言只是古老肉、辣子鸡、炸春卷和炸馄饨。和真正的中餐最多也只是远房表亲。

而且他们不吃皮，不吃骨头，凡是和纯瘦肉无关的动物部分他们恐怕见都没有见到。鱼对他们讲只是超市里的两块鱼排。鸡肉对他们就是去了皮，去了头骨的鸡胸肉和鸡腿（中国人最不喜欢吃的部分）。比萨店里BBQ鸡翅他们也喜欢，但是在家里基本不会做。即使是烤了肉骨脱离的烤鸡也是没有鸡爪的。

鸡爪，Chicken feet，这一项摆在他们面前，无论生熟，女人绝对吓得像见到老鼠一样逃开。男人都会抓破头皮想，中国人为什么要吃这个，肉在哪里呢，为什么要费很大力气去吃这个完全没有意义的东西。

吃鸡爪，如一个神奇的传说一样，和东方其他的神秘夹杂在一起互相衬托。在国外时，曾经不止一个老外（男性）问我关于吃鸡爪的问题，并要求我表演给他们看怎么吃。当然我也没有表演过，我又不是马戏团里会骑车的熊。

所以，当马拉给我看别人送她的鸡爪，我完全理解她的痛苦心情。大约和中国人被逼着吃法国生肉的感觉差不多。

我问："为什么要送你这个?"

M："我同事说，她从四川订了一箱零食，非常好吃的鸡爪。要送给我几袋。然后我很怕，那一整天就在外面跑，不回公司。终于熬到下班，放下心来。谁知道，第二天一大早上班，她很兴奋地对我说，'昨天没看到你，我的鸡爪都分光了，我偷偷地给你留了几袋送给你!'所以我只有收下来了，你吃这个东西吗?"

我笑："爱吃的。人家特意送给你，是一片好心，想给你好吃的东西。"

M："谢天谢地，那你快都拿去吧！我看见这个袋子就害怕，这个里面真的是鸡的脚啊，而且上面还有指甲。吓死了。"

我们接着吃饭，临走时，我告诉她这个鸡爪的味道是怎么样的，她回去感谢她的同事时也说得不会太离谱。

回家，打开包装，这个泡椒凤爪味道真是正得很。吃得我嘴麻了一片还是喊着爽。

过了几天，茱莉发 E-mail 给我，说听说我可以帮忙处理可怕的食物。说她家里有别人从海上特意带过来送给她的一条很长很长的海鳗，可不可以把这个拿走。J说，我已经学会吃很多奇怪的东西，但是这个海鳗实在是太恐怖了。她每次打开冰箱都怕，但是又不好意思丢掉。

拉拉聚会，妈妈别多想

和娜嘉约了N久去参加一家酒吧的PUB QUIZ。终于赶到两个人都有时间，就说好先各自做事，然后和娜嘉在酒吧会合。

先给老妈解释一下什么是PUB QUIZ，就是一群人坐在酒吧里面，分成小组答题比赛。一边答一边喝酒，但是没人会多喝，因为想赢比赛。赢了的话奖品也是酒。一般来讲这种活动都是酒吧生意比较清淡的时候，参加的人也都是喜欢有奖竞猜的人。

我有自知之明，小聪明有余，智商却平平，这种事情从来都是被再三邀请才会去。人家以为我在端架子，其实我是怕半路被队友打掉牙。

到了酒吧楼下，与一个女同性恋者乘同一部电梯。为什么一眼就看出女同性恋者呢？因为很明显，她是。青春期的时候学校里有很多假小子，那些都不算，青春期本来就是对性取向定位的阶段。一会儿喜欢男人多些，一会儿喜欢女人多些，都算正常。但是成人了以后，还是男孩子的形象，就是个人定位的公开宣言了。

看到这个女同的时候，我看看她，她看看我。我就很不服气，她是拉拉，我多看她一眼正常。为什么她也上下打量我？我有什么好看的？我们就这样互相打量着，一起坐电梯上楼，一起走进酒吧。

从我进去的一刻，我就真傻眼。人多到爆棚，气氛异常热烈，很多很多的女人，而且都是非常明显的女同性恋。剩下的男人也是很明显的男同性恋。所有人认识所有人。

我极度困惑地在酒吧的角落里找到娜嘉和她的两个朋友，他们挤在一张小桌子旁，可怜巴巴的格格不入。几个人都是到了酒吧才知道今天是女同性恋组织的团体活动。四周一看，我们是唯一的全队人都不是同性恋。因为我们两男两女，也和大家相安无事。旁边座位上有一个帅哥，明显也是喜欢女人的，不停地转过身来和我们这桌聊天，大概他也孤独。这大概就是同性恋者在中国社会上没有归属感的感觉吧，每一天，他们都是不合群的那一族。除了今天。

既来之，则安之。

主持人是位打扮极为耀眼且妖艳的男扮女装。人微胖，极搞笑，互动很多，我记得自己一直在笑。

参加比赛的队很多，队名千奇百怪，除了我们的队名像我们的人一样普通以外，其他都三俗。其中一队叫“肉灵芝”，都是长相帅气的老外男生，浪费材料。主持人不懂肉灵芝，就问。那队人就很大声说：“是一种特别的蘑菇，只有中国的西安才有。”我当时那个汗。说实话，那个西安产的肉灵芝我也看不懂。妈妈要是不懂，可以google（百度）一下，西安肉灵芝。

答题卡发下来的时候，我们几个差点儿当场放弃。

所有的问题都和同性话题有关。天文、地理、政治问题都和同性话题有关。音乐也是半流行，半复古。照片都是著名同性恋者，外国的我是一个不认识，中国的还好，我认识张国荣，为我们争取到了宝贵的一分。作为队里唯一的中国选手，连金星金大姐也不认识，还以为是哪个女明星。

到后来有特别加分的时候，我们队就彻底放弃了。连填也不要填，上海的同性恋五条街。满屋的人都知道，只有我们不知道。

不过也还是很开心，反正是喝酒，气氛一直都很热闹。我和娜嘉的朋友学了些意大利语，还学了一点儿硬币魔术，搞得一块钱硬币满地跑。我教了两个男人中国式喝酒方式，玩色子。我本来自己也不玩儿，不知道教得对不对，反正错了他们也不知道，就按我的方法玩儿。老外喝酒没心机，不管谁输，都是两个人一起喝，这样也玩得热火朝天。

结束时，迷迷糊糊地出门。大街好像和平时没什么两样，人来车往，灯火通明。他们一直说，爱情不分性别。这说法对不对，我不知道。我都不知道什么是爱情，记得小时候问过妈妈，妈妈也说不知道。

这是人家写我

致新一代乐天派掌门人老刘：办公室迁址于南京东路两年有余，承蒙领导错爱，不幸频搬座位，实是劳心劳力。不幸之余，也因座位变动之频，得隙与往昔不曾互动的同僚相处，还算其乐融融。今得幸，新座位与乐天派新一代掌门人老刘只有两台电脑之隔。话说老刘，虽不致有看透生死般豁达，却有“除去生死，都是小事”那般极具感染力的开怀与乐观。正所谓，近朱者赤。在其影响下，我顿生投心于乐天派之热忱。可惜好景不长，原来我生来浮萍命，又或长了一张搬座位的脸，又被掌事之人看中，被命搬座位于能将办公室浦东区一览无余的远离鹰眼的被称为办公室里最有前途的神角。我居然逆来顺受地接受，终在回过神后提出抗议，不想此举一出，却连累了乐天派掌门人老刘与其同桌。所谓，我不杀伯仁，伯仁却因我而死。我于是向老刘忏悔，顺势表达了我不舍她离去之情，老刘却无情地回击了 句，“我不搬就是你搬，反正你与我也坐不到一起”。那么，我加入乐天派之热忱随即被扼杀。老刘，还是那句，我不舍你的离去。发此文，聊表心意，以慨我浮萍之命。实是悲哉！

这是我的回应

天天写别人，最后还是被人写了。所谓出来混总是要还的。作者封了我乐天派掌门，以崇拜的口气赞扬了我“除生死，皆小事”的人生态度。又以愤怒的方式表达了远离我之后的淡淡忧伤。既然拜我掌门，我少不得说一句“入我乐天门，修行在自身”。徒弟你离了我，还是可以继续乐天的，掌门我以正能量暗中保护你。谁来，谁走，都是缘分。顺其自然才能心静。所谓，身边无老刘，老刘在心中。

生亦何欢，死亦何苦——离开上海前写给徒弟

玉丹自拜到我乐天门下，每日一篇博客记我。这大概也算是她尽心，好像当初孔子的徒弟也记录孔子言行。谁知这情景不过两日，玉丹就因一件极小的事情离我而去，而我也要马上离开上海，游历山水间。她来，是出于她本心，未经我同意。她走，也是经她考虑，与我无关。今天码一篇字赠她，算是纪念师徒一场情分。玉丹走了，乐天派也不存在。她是我第一个徒弟，也是最后一个。我本来就是孤寡薄情的一个人。

玉丹急匆匆地跑过来，给我看她打羽毛球时，胳膊上长的肌肉块，又问我有没有。我说我也有。

玉丹就慌了，不知道该怎么办，还闹着从此不打羽毛球，大家拦也拦不住。

她问："难道你不在乎一只手臂比另一只手臂粗？"

我说："我不在乎。"

"你为什么不在乎？"

"我为什么要在乎？"

"你为什么不在乎？"

"我为什么要在乎？"

我劝她就算了，说："你看它，它就成为问题。越看问题越多。你不去看它，问题就不存在，你也就没烦恼了。"

玉丹忽然大叫一声："老刘，你是唯心主义！"

我愕然："是啊！我一直都是唯心主义，这从不瞒人。"

玉丹继续叫："你知道吗？你是错的，唯心主义是错的！这个世界是物质的。"

我更愕然："怎么你说我错，我就是错的吗？"

杰西在旁边解释："老刘一直这样，明明是黑的，她觉得是白的，那

就是白了。指鹿为马也没关系。”

玉丹说：“我再不当你是我师傅了。还好我悟性高，看清楚了你。我还要教育你，这个世界是物质的。”

不知道说起什么，正在干活的我感慨了一句：“生亦何欢，死亦何苦。”

我的新同桌靠谱女问我：“你也苦过吗？”

我说：“就是太苦了，禁不住，干脆就丢在一边不见，就此自得其乐。”

出生和死亡，到底哪一个是开始，哪一个是结束，我到现在也搞不清楚。生命到底是何物，意如何，我还是糊涂。

你说要当我徒弟，我自己不懂，又怎么教你？你想通了，离我而去，也好，自己体会人生甘苦。

我只是一个彻头彻尾的唯心主义者，何为真，何为假？怎知物质就是物质？也许世界本来就是幻象，活着不过是梦一场。

我只是一片树叶上的微生物

地球南部，有两处比邻的岛屿。如果想象从太空中看地球，这两处岛屿看上去就像两片孤零零的叶子，互相伴着，漂浮在太平洋上。因为千万年来与世隔绝，成为众多稀有动植物的最后一片失乐园。所谓稀有动物，其实都是些捕食能力、防御能力以及繁衍能力都极弱、被淘汰和接近被淘汰的物种。

1642年荷兰航海家塔斯曼抵达岛屿的西岸，又因被本地土著攻击而迅速离去，匆忙之间以荷兰一个地区命名这还未有现代文明到达的未知岛屿。后期欧洲居民大量涌入，稍北面的那片岛屿高楼崛起。公路仿佛淡青色的叶脉，渐渐发展蔓延到全岛。城市如病毒一样，顺着叶脉，以极其缓慢的速度稳定地扩张。碧绿的岛上，大块泛着黄的污渍。

我作为一个“人”的个体存在，选择在稍南的这片叶子上生活。南边的岛屿还保留着碧绿的颜色，因为人很少的缘故，也被人称为“没有被触摸过的世界”。

“当然被触摸过，要不然那我算什么?”我在公路边上一边骑自行车，一边想。我的右边是国道，左边是被分割的一块块的农场，农场有的养马，有的养羊，也有养羊驼的。这里养的马都是宠物，为了保温，马身上挂着毛毯。马是主人自己练骑术或者送去赛马场比赛，本地人烧钱的爱好。自从有聪明的人发明活体脱毛的技术后，本地养的羊大多都是为了取毛，而不是为了吃肉。就羊来讲，也不过是换了一身衣服。不必为了活命而丢命，也不用像奶牛一样整天拉扯着自己发炎肿大的乳房。养羊驼的意义除了羊驼毛制品外，大概就是观赏性了。另外说一句，没有见过比中国人更爱羊驼的民族。

“如果这片岛是一片叶子，我就是一只微小的微生物吧。”我琢磨着。顺手调低了一挡自行车变速，试试看可不可以骑得更快些，逆风。

中国的重男轻女和西方的女权运动

再次出中国，主要因为最近一段时间受够了中国的人多嘈杂，想躲躲清净。

偶尔和同事谈到在中国男女怎样约会。大家纷纷质疑为什么上海满大街的中国男人都提着女士包？一点儿阳刚气也没有。女孩子个个都是漂亮时尚，男人就呆呆跟在女人后面好像随从。我笑说："这算什么，不过是帮女朋友背包而已。即使是普通朋友，男方也会主动为女孩子拎包。"

"为什么？"大家齐声问。

女同事说："如果是自己的包太重就不要带出街，怎么能要别人拿？"男同事说："打死我，我也不会在光天化日下背着女用包。除非我本来就是喜欢穿女装。"

我展开介绍了一下中国的约会文化。男方——是不是男朋友都没区别——要付饭钱、酒钱、交通费、娱乐费，这些女方都只要大方接受，不需要感激。因为这些男方也是有份分享的，女方也不必算在自己头上，什么他替我出饭钱之类的。升级到男朋友就要付购物费用，以前是一起逛街，女朋友买，男朋友刷卡。现在是女朋友网上把喜欢的物品放购物车，男朋友一次购买。

"这些还都是小费用，比起婚礼费用和置办房产，不过是小巫见大巫。"我解释。

"哇，在中国做女人太幸福啦！"女同事都惊了，"你居然选择离开这个国家？"

我一时愣住。

做中国女人太幸福?！为什么在中国我从来没有听过这类的话，为什么我不在中国？

"我在这里，是因为我选择在这里！"我大笑回应。

"但是，为什么?"他们不放弃。

"因为这里的女人不保养，不打扮，怎么舒服怎么穿。胖子到处都是，瘦的是为自己喜欢而健身。"我说。

大家当然不理解。

女人在这里不是弱者的代名词，女人不需要男人付饭钱，不需要男人拎背包，不去等男人买房子，也不会逼男人出人头地。想成功的人，自会靠自己努力，整天唠叨别人要上进是什么意思？同事中，女人在外工作，男人在家带小孩的不止一位。女人赚的钱多，就由女人来赚，爸爸在家里照顾小孩的角色也很重要。

中国女人在工作和社会都得不到和男人平等的竞争机会。因为头发长，见识一定短，典型的传统意识一直保持到如今。女人要生小孩，女人有生理弱势，若女人过了生育期，女人就连女人都不是，只是什么人的妈妈、奶奶或者社会负担而已。

中国女人认为依靠男人天经地义，主要因为社会认为女人是弱者，而中国女人也自认是弱者。女人自身成功几乎是没有意义的，有意义也是被攻击多过被羡慕。

为什么不留在中国，受男人保护与照顾？这是我的答案。靠自己，做自己。

我喜欢。

Mum is the word

感冒了，犹豫不决，最后还是坚持上班。不是我工作狂，只是知道最近工作忙，如果我不去，大家的压力更大。

在家也是躺在床上无聊。好吧，我是工作狂。

上了半天班，忙得头昏脑涨，经理过来，一通唠叨赶我回家。生病不能上班，自己不容易恢复，把感冒病毒传给别人更不得了。办公室拒绝病原入住。虽然我强调自己只是伤风而已。昨天晚上出门穿得太少。

平时太忙，难得和经理说上几句话。今天趁这个机会告诉她我准备出书的事情。工作性质关系，工作以外的工作都要汇报，否则会有麻烦。再喜欢写字，也不能靠码字活吃饭。过日子还要靠牢基本工资。

几分钟后，经理兴奋得手舞足蹈："好希望你的文字能翻译成英文，我也可以看。"

赶紧制止她替我高兴，说都是没有边儿的事情，书最后出不出得来都不知道。出来有没有人看又是另外一回事儿。和她沟通的目的是想着有什么规矩最好事先知道。还是守规矩比较好，免得真的要出书时大家手忙脚乱，对出版方也不公平。

经理不管，继续高兴。她的兴奋是有原因的，她自己有心理学学位，她和她妈妈也是矛盾不断。

"我还没有和组里同事讨论过这个事情，我，"我小心翼翼地说，可以想象同事如果知道我打算出书更会兴奋不已，顿时压力感重重。

"没关系，你不想说，就不用说。每个人都有自己的秘密。"经理大方地说，继续眉开眼笑。

"Mom is the word。"她说。

"什么?"我没听懂。

"Mom is the word。"她又说一遍。

“什么意思?”每个字都听懂了，还是不懂意思。密码是妈妈?

“意思是这是秘密。不管什么话，到妈妈这里就结束了。妈妈是最可靠的知心人。我也不知道为什么有这个说法。这大概是20世纪60年代的事情吧。”

“现在的妈妈可是不靠谱。你告诉她什么秘密，她马上赶着告诉所有人。”她继续说。

“我是说我自己的妈。”她又解释，然后笑个不停。

我也笑，明白她为什么喜欢我的出书想法。爱笑的女人背后都有一个搞不定的妈。

病　　假

因为我从来不看医生。回家就连睡了两天，睡醒了又精神抖擞去上班。

大家看我精神不错，问候我感觉怎样。

我兴奋得手舞足蹈，说："太喜欢病假啦，好像读书时期逃学。那种整个人四脚朝天躺在床上还在赚钱的感觉真是爽啊！"

大家满头是汗："你知道，有种工作也是这样赚钱的！"

我一愣，立即回应："那个是技术工作，还是体力活，嗓子还要好。钱赚得也不算容易。"

他老爸的选择

办公室经常有警察来，大部分是公事，有时也聊天。更多的时候他们把我们办公室大家带来的食物（多数是巧克力或者巧克力蛋糕）吃光了，怪不好意思的，就留下来聊天。当然也要我们不忙才能陪聊。我们不忙的时候少，而且我们也常把巧克力或者巧克力蛋糕藏起来。防火，防盗，防警察。

爵士是和我们关系比较好的一个警察，今天正好和同事聊起来盖房子。好像全国的警察都在业余时间到工地工作，大概也是互相介绍吧。想过得好点儿也不容易。两个人越讲越开心，和其他人讲起啃老。

本地也有些啃老者。一般来讲，18 岁后就应该离家，不读书的去工作赚钱。读书的进了大学，学费政府贷款，生活费政府借，想过得稍微舒服些就业余时间打工。如果找住处不容易，不得已住在家里的也有。但是大学毕业就无论如何也要离开父母另立门户。没钱可以住得差些，和朋友同住，总之受父母庇护就被人看不起。

怎么被人看不起，在接下来十分钟内满屋子里的人把自己亲戚、朋友中过了 30 岁还和父母住一起的全名全姓的都拿出来数落一番，再对比谁的朋友和亲戚更夸张。

爵士说："真搞不懂这些人。我 18 岁的时候，自己赚了一点点儿钱，就是一点点儿我还是迫不及待地离开家，头也不回。"

大家点头，又自豪地比较起来谁自立得比较早。

"我们家老头子房子有好几处，"他接着说，"到时候卖一处，住一处，再留一处出租，日常生活也就过得去了。"

"那他们计划怎样退休？我现在也在攒房子，退休时就卖掉，就可以邮轮走世界，又方便，又舒服。"同事说。

"我家老头子不喜欢旅游，他就喜欢钓鱼。海边的房子老早买好了，自己又有船。过两年就退休，海边一住。然后就在家装材料连锁店这种地方找个店员的职位。每天去上班，不用自己拿主意。老头子说就想去做做人家交代的体力活。没事再和客人聊聊怎么修房子，怎么装修，多开心。他又喜欢折腾房子。”

“那也好。他现在做什么?”同事们听得有趣。

“他在银行做高级管理层。每天要做很多决定，早受够了。”

写这文的时候，爵士已经离开警察队伍去做了见习电工。

生活中的小幸福

到朋友家蹭晚饭吃，7 岁小朋友把动画片声音开得老大，扰了我的清净。我抗议，他不听，眼睛只盯着屏幕，看男主人公如何去捉鬼。我也转过头去跟着他看，忽然就哧哧地笑起来。

小朋友满脸迷茫地看看我，又非常不理解地问他妈："她为什么笑？现在没有可笑的啊。"

她妈低头吃饭，头也没抬："她笑点低，你别介意。"

二手自行车

十年旧的马自达本来也算好，一直没有闹什么毛病。到了20万公里的时候忽然就停摆了，说是发动机问题，不值得再修。刚巧从超市买的廉价用来锻炼身体的自行车也爆了胎，我懒得求朋友帮忙接送，这几天就干脆步行。反正日子怎么凑合着也能过。路过一家租自行车的地方摆着出售二手自行车的招牌，就走进去碰碰运气。没抱有什么期待，这几天不能说是倒霉，幸运也算不上。

自行车在本地是健身器材，代步从来不是目的。在这种人人都做户外运动的旅游区，一辆自行车的日租价格和一辆汽车的租借价格持平。价格贵也是有道理的，附近就有国际标准的山地车车道，车道曲折艰难，对山地车的耗损很大。为了保证质量，过一段时间车行就会淘汰一批品相不好的自行车。比起原价，这些二手自行车几乎是白送的价格。

进了店向主人说明来意，店主带我去看。

“自行车运行和保养都很好，但是有些掉漆。”女店主一边介绍，一边抱歉地说，“都是租借者爬山的时候小石子蹦起来碰掉的。”她又解释。

“我只要性能好的自行车。何况这斑驳的外表正搭我，我这一路跋山涉水也很斑驳。”我开玩笑。

店主也笑，又说：“你不能这样骑车上街，总要有个帽子，否则要被罚款。还要带点儿维修东西在车上，免得以后把自己困住。”

“这些修理工具都太贵了，舍不得买。”我实话实说，穷得心平气和。

店主想了想找了一大堆二手的凑了一包，又以半卖半送的价格，弄了一包工具绑在车上。

这自行车陪了我很久，后来因为换了城市，留在朋友家里。

时不时还是会想起来。

公车记

来了辆临时公车，司机大姐服务特别好，给每个英语不好的人的票上都写好站号。我问她：“这趟车经过某某站吗？”她说：“经过。”我说：“你的临时牌子上不是这样写的，上面有别的站名。”她嘴一撇，很不屑：“车是我开，我想开到哪里，就算哪里。”

喜欢她的态度。记一笔。

因为是临时公车，没有行李架。每个人都要把包固定。一对德国夫妇，男人拉着一箱子憋憋屈屈地坐在我身旁，女人为了不挤占空间，把一个半人高的背包放腿上。我忍不住了，问女人：“路还长着呢，你难过吗？”她点点头，说难过。我说：“你们两个一人占两个座位，没关系的。车上有足够位置给每个人。”他们想想觉得对，换了位置，松口气，欢天喜地地聊天。

守规矩的德国人是真的守规矩。再记一笔。

一天，好容易盼来公车，不是我的线。我站起来，又坐下。司机走下来问我去哪儿，我说了，他一摆手，说：“没关系，上车，我绕弯送你。”

结果，他开车开顺了路，忘了给我绕弯。我走过去询问。他说：“哎呀，糟糕，让我给忘了。不过没关系，我们现在开绕！”

又一天，我抱歉地对司机说：“我要用现金买票，卖票亭子没有开。”她说：“那不要买了，亭子没开你买不到票，不是你的错。”

再一天，夜车上只有我一个人。要下车前就走过去和孤单单、冷清清的司机大叔聊上两句表示礼貌。闲扯什么天气好冷啊，好想回家睡觉啊之类的。

人已经下了车，大叔忽然说：“那个大个子呢？”

“什么大个子？”

大叔说：“和你站一起等车，又一起上车的那个大个子啊！”

我就笑，知道他开玩笑，故意吓我……

结果今天的夜路特别长、特别静、特别可怕。回到家，门锁了好几遍才放心。明明知道事实，还是感受虚幻，人的心理作用真可怕。

年龄不成问题

难得提早下班等公车，左等右等等不来。旁边一位同路的空姐一度抱怨。她刚从美国线下来，自己飞机又晚点，连续工作了十八个小时。看说话的口气是个空姐的头头。后来一个地面的交通调度现逼着一辆公车改线送我和这个空姐回家。我们两个上了车就开始热烈吐槽，我说自己夜班多么累，工作时间多么长，天气又这么冷，公车还不准点，这到底什么意思？

等我们吐完了槽，也就渐渐安静下来。车内的喇叭忽然响起来，女司机先和我们亲热打招呼，看我们有了反应之后，她也开始吐槽。今天早上调度室出问题不能出车，昨天车在市区爆胎回不来。还有碰到的白痴到家的旅客，总是问蠢得不能再蠢的问题。我和空姐吓得再不敢多说话，又积极配合她，又改口赞叹天气好，一致努力转移话题。

后来三人热烈讨论热得发烫的本地房地产。叽叽喳喳的，气氛总算融洽起来。

一起坐车的跑长途空姐至少有 60 岁，而开车的斜梳灰白色麻花辫子戴着粉红花的司机今年 69 岁。聊天的时候她无意说起，还说本城年纪最大的司机是一位 82 岁的奶奶。只要体检和技术合格，谁都可以开车，年龄永远不是问题，政府也不允许年龄成为问题。

赶飞机记

起了个大早，赶了一个晚集。从忘记带文件，到连续三辆机场大巴晚点。本来预备在飞机起飞前一个小时到机场（完全来得及），目前完全不可能了，叫出租也已经来不及，终于等来了机场大巴，人都要急得哭了。想自己 online check in，没有成功；打电话叫同事网上 check in 没有成功；又打紧急联系号码，和订机票的公司沟通，要来订票号码。还好订票公司 24 小时都有人接电话。偏巧这时朋友打电话来，说“你在机场了吧?”正要不咸不淡地聊家常，衣服要多带，冬天要保暖之类的。我大吼一声：“废话不要讲，赶快帮我网上 check in。”十分钟后，朋友打电话来，check in 成功了，飞机几乎已经满了，花钱买了一个靠紧急通道座位。但是，又说：“你这班不大可能赶上，下两班也都是满的。学校假期，只要是去旅游城市的飞机都是满的。”

可是，上不了飞机这个选项是没有的。另一边的机场还有人立等我干活，我怎么开口向这许多人交代。

拼了，人站在车门口，告诉司机快点儿开。到机场，已经离起飞只有 20 分钟。开门就奔下去，拉住航空公司的人就说，快送我上飞机。航空公司的人看一眼，说不行了，check in 关闭。我说我已经 check in 了，你只要打条出来。她说，行李托运也关闭了。我说不要行李了，你让我上飞机。她说，你行李留在这里谁管？我说，下趟飞机送过去，先把人运过去。后来还是说了好话，动用了关系，让我带行李直接上飞机。

话说，我拉着行李这一通跑，过安检，再冲。冲到登机口正在登机。因为我座位靠前，延后登机，时间正好，就假装和别人一起不急不忙上飞机。

坐定以后，我这一个后怕。主要怕另外一边的同事等空，更怕被办公室行政骂浪费钱。经理的骂倒是比较能处理，脸皮一厚也就过去了。

坐　飞　机

Jet Star 马上要上国内线联航了，Air New Zeland 怎么拼？只好拼服务。

一上飞机 darling、dear 先来一通，我那颗被赶飞机惊得破碎的心慢慢复合，人也安顿下来。

都说了短程飞机没有正式餐食，只能选饼干或薯片。坐我旁边一直聊天的男人还是认真地问都有什么选择。大叔空乘一本正经地说："火腿蛋、水抛蛋……一样也没有。薯片、饼干随便挑。"送水的时候，后边的旅客说："来瓶啤酒。"大叔说："没有。"后边旅客说："来瓶姜水。"大叔："没有。""你都有啥？""我有茶和咖啡。""那你再想想办法？"大叔说："这么说吧，你现在握我的手，秘密握手，也不行。不过我还有一样，水。不仅有水，你喝完还给你加水。怎么样？"

我在旁边笑，大叔是雇来讲相声，特别哄我开心的吗？

落地前，空乘纠集了几个极可爱的小朋友，让他们穿上宽大的航空公司制服，挨座送糖。据说这是很多航空公司的做法，但是真是可爱。

注：秘密握手 secret handshake，行规，就是和服务业人员握手，趁机偷偷塞钱。对方意会，自有额外照顾。一定要有社会底子的人做出来才自信圆滑。

做人不能想当然

昨天看见一女警剃光头，问为什么。

她说："婆婆做化疗，怕，所以我也剃了陪她。"

我夸她。她说没什么，她伴侣也剃了。

我说："那你老公是男的，剃剃没关系。"

她摇摇头说："不是，我伴侣是女的。"

我说："我错了，不应该想当然。"

于是大家开始看照片。假装我刚刚什么也没有说过。

吃在办公室

一天，和同事在厨房边做饭边聊天。他超级无聊，玩毛巾绑头。

我说："你假装日本人吗？"

他说："哦，是不是日本武士，拿剑那个？"

我说："不是武士，是厨师，做寿司的那个。"

又一天，我去给别组的同事顶班。

他们一个借调同事的最后一天，所有同组的同事都带吃的，甜点、巧克力、蛋糕，各种风格主菜。我从上班就开始吃，吃到下班，人撑得都要昏过去。不停地喝茶喝可乐解腻，同事也依依惜别了不知道多少次，祝福也不知道讲几多。

临下班前，经理走进来问发生了什么事情，你们怎么这么多吃的？大家说，不是谁谁谁的最后一天吗？凑一起庆祝一下。经理慌了一下，"谁谁谁，今天不是你最后一天，你下周还要来上班！"所有人都傻掉，不清楚怎么回事。

我说，谢谢大家，编了这个理由，让我陪吃了一天。

家附近的饺子店

家附近的饺子店，七天都开，风雨无阻。看店的阿姨和叔叔，东北口音，人好，店里价钱也公道。一次亲眼看见他们追出店赶上一个本地客人把客人的小费还回去，还用带着浓烈东北口音的英语解释不用多给钱。绝对不是见钱眼开的生意。

其实这家店我并不常去，因为口味家常，不像附近许多饭店好吃得出名。有好些出名的咖啡馆和饭店，都是上过杂志，得过奖的。即使附近只有这一家中国菜馆，店里光顾的中国人也不多，都是本地人来。之前同一家店面开过一家中餐外卖，也是生意不好，关了门。这片区混的中国人不多，客户群不够厚实。

我如果去饺子店的话就是星期日和星期一，其他店不是不开就是早关门。店主人都不忙，一边看电视，一边和面，剁馅包饺子。表情闲在舒适。厨房就在客人面前，干干净净的，好像家里。

昨天去买了包子被同事看见，都没见过包子，我被围观。今天又去买几个包子让大家尝尝包子的味道。昨天去的时候正好看见他们包粽子，没有煮呢，今天正好顺便买两个。

阿姨看到我很高兴，说特意来买粽子的，就打折卖给我。我说，既然打折，那就买十个，让我的同事都感受一下节日气氛。

粽子是杂豆和黑米馅的，东北包法，我并不爱吃。中国我只生活过东北和上海，这两个菜系都不喜欢。我是天生的背叛者。

我说：“你们太辛苦了，整条街只有你们一家一周开七天。”

阿姨说：“怎么会辛苦？早上十点开，晚上九点就关门。闲着也是闲着。”

我听了，心里一动，以后再不好意思说自己辛苦。

咖　　啡

本地人爱咖啡出名。早上看新闻，几个主持人热烈讨论喝咖啡这个爱好有多败家。女主持人说自己花钱比别人更多，首先她的咖啡加豆奶不是牛奶，然后每次都要另外加不同风味。

男主持人忍不住："那到底你喜欢咖啡还是不喜欢咖啡？加了那些口味，咖啡本来的味道就被掩盖了。"

"喜欢啊。"女主持人坚持，"可是我就是觉得，加了口味的咖啡更好喝。"

"而且更贵。"男主持人说，一个女外勤认真地算本地人喝咖啡一年花多少钱。

男外勤说自己已经戒了喝咖啡，只喝办公室提供的免费咖啡，"因为老婆也要喝咖啡，赚的钱只够一个人在外面买咖啡喝。"

然后女主持人诉说自己因为咖啡加口味经常被瞧不起。一次一个女店主当着大家面鄙视她不上档次。说："No one on the Ponsonby road adds vanilla shot into their coffee!"（在我们这儿就没人往咖啡里加香草口味！）

这大概和中国人喝雨前龙井加白糖差不多吧。

注：Posonby road 是个比较小资的地方，也是典型店家挑剔客户的地方。要有钱，还要有品位。

朋友和旧城

这次去欧洲玩，特别挑转机上海的飞机，想着也许可以入境顺便看看朋友和旧城。

因为不知道是否会被允许入境，所以也没有定下什么行程。就是大概和几个朋友说，最近也许会过境上海，真的到了再联系。

真的到了。从上了机场大巴开始，就给朋友打电话，约一个小时后静安寺旁见。然后，再约另外的朋友，都是提前一个小时约，约到就约到，约不到就算了。

南京西路一程一程走下去，朋友一个一个见过来。只要接到电话的朋友，都是放下手头上一切立刻来见面。见面又是欢喜，又是埋怨。早一点儿安排，何必把他们生活搅得一团糟糕。

我只说，见不到也没关系，都是看缘分。

一年多不见，人家都有了些变化。结婚的、生小孩的、换工作的、升职的、发财的、长肌肉的，只有小远一个人还是老样子。

我和他说起写书这事情有多费力不讨好。

“有梦想可以实现是好事。”他说。

“什么梦想？不过是无聊，无聊才硬给自己装上梦想。”我摆摆手说，和小远在一起，总是能赤裸裸地直面自己的内心。

“因无聊而起的梦想也是梦想。”他安慰我。

“是说，比你彻底无聊好吗？”我笑。

“知道你就会这样说我。我才不无聊，我 365 天都在忙着等待，等你忽然出现。”大家都笑起来。我低头为自己毫无计划地闯入上海抱歉。

晚上和另一个圈的朋友一起吃饭。大家讲起来几个朋友，都是要么自己成功，要么嫁的人成功，但是又都是不停地折腾和努力。好像她们身上有使不完的力气，世界上有做不完的项目。我和大家讲国外听来的新名词

“imposter sydrome”，据说女人有这个综合征的更多。

简单来说就是特别追求成就感，比别人成功，也受别人尊重，然而内心是没有安全感的。

我笑着说：“不管工作还是生活，身边都是这类人，都像得了强迫症。一天不折腾出点儿花样来就不安心。而且不但对自己要求严格，对身边人要求也严格。越拼越没有自信，觉得自己不够好；越觉得自己不够好，就越拼。这些人总想拿出成绩，更多的成绩来证明自己。”

“那你呢？你不是也总说自己不够好？”朋友问我。

“我？我是认为自己不够好。不过区别在于是我不介意自己不够好，对自己很宽容。所以我没有这个症状。”

在国外的时候，大家一致批评我没有自信心。我不认为自己没有自信，我不过是了解自己，接受自己而已。

12 个小时的飞机飞上海，12 个小时用双脚走上海，12 个小时的飞机飞欧洲。我没有行程地旅行，安排得刚刚好。

在飞机上码字

最近工作太忙，编辑催稿可是没有因为我工作忙而减缓。实在没有办法，在飞机上改稿子，码字。

因为之前都是一个人闷在屋子里面，没有在外面写字的经验。我一面打字，一面遮遮掩掩屏幕，仿佛自己在做什么见不得人的事情。

晚餐车推过来，就彻底关掉电脑。

和空乘要了红酒，想着喝完睡觉容易。在家里睡觉前都是喝红酒。

“你是作家吗?”帅气的空乘小哥边倒酒边搭讪，注意到旅客在做什么大概是他们的职业要求，“要红酒可以有写作的灵感。”

我这边却早就红了脸。

“我不是作家。”老实客气地回答，“最多算是想成为作家。”

“哦，那你是撰稿人了，就是。”

好吧。我不再解释，让脸继续红下去。暗想着，回去一定买一个防别人看的屏幕贴。

在罗马等飞机

罗马到米兰的飞机是临时订的，因为不是套票，怕转机来不及，特别安排了5个小时的空余时间。

不过，转飞机异常地顺利，都是因为checkin的小哥帮忙，行李也一路托运到罗马。

于是5个小时等飞机。

等待是很无聊的，就到处逛，免税店实在不是我的专长，不过大概半个小时就逛好了。坐在机场的一架钢琴旁边，守株待兔地等人来表演。

于是一场接一场的钢琴表演，中间几乎没有空场。表演者有老有少，年轻人就都长得养眼，要么是小清新艺术范儿，要么是满身肌肉标准型男。曲子有通俗的，有高雅的，技术和水平虽然明显有高低，但是敢坐过去的感染力都不俗。钢琴附近坐满了和我一样喜欢音乐的人，都是极力捧场。逢到较为受欢迎的流行曲子，还要全场合唱。好几次，航空公司的职员过来人力喊话，叫人快去登机口，不要误机。

不愧是艺术的城。

米　　兰

长这么大，从来没有想到过我会来到米兰。这里是时装之都，我不喜欢时装，就自然没兴趣。事实上对意大利也不是那么向往。印象中的意大利人是喜欢说，不喜欢做，不是很符合我的胃口和脾气。我自己已经很懒惰了，就不想结识同样懒惰的朋友，要不然日子怎么过。

朋友玛莎接上我回家，说是晚上家里会有聚会。我因为不断改变的行程，已经连续飞行了几十个小时，无论如何都提不起来兴趣。就说我先洗澡睡觉休整，起来的时候再说。

朋友没有车，我们坐火车、地铁一直转到市中心的高档住宅区。我一边拖着行李箱进入电视上才看得到的隐蔽高档公寓，一边纳闷。最后终于忍不住问："你住在这里？"

朋友点头说是。

"你是有钱人？！"我惊异。印象中，她一直和我一样穷。虽然对朋友一直大方，但从来都是量入而出。

朋友不好意思起来。"是啊，我家里……有些钱。不过我不喜欢炫耀，所以从来没有提及过。"

为什么我的朋友都是家里很有钱的富二代？好在她们都低调，而且都是靠自己生活，所以大家还是朋友，要不然也无法在一个朋友圈生活。这些人都不需要家庭帮忙，读书是自己赚学费，周游世界也是靠自己的能力，或许也是因为要刻意地摆脱家庭影响。

这些朋友的共同特点还有一样，对待工作和生活都很认真，积极进取。并不像我这样散漫而随遇而安。

不说了，再说又要脸红了。

等我被客厅里的喧闹声吵醒的时候，大概已经是晚上 11 点。意大利的聚会开始得晚，结束得更晚。我洗了一把脸，蓬头垢面地走进了客厅。米兰的女孩子都很漂亮，既注重打扮又化浓妆，我自知不如，就干脆不管形象。何况疲惫的眼睛都睁不开。因为是外国人，再丑也是异国情调，所以并不担心。

谁知道，居然看到熟人。之前她们也没有人告诉我都会有谁会出现。我飞越了大半个地球到米兰这陌生的城市，看到这许多熟悉的面孔，都是上海认识的。在场的所有人都有些感动，又都有些不真实感。

玛莎坚持说，生命中相识的人都是缘分，至于今天的相逢更是命运的安排，并非偶然事件。

我不知道该不该相信缘分这一说法。刚到意大利的第一天。

如果一定要说什么的话，就是：意大利男人的帅哥比例真是高。

米兰第二天

自从我买了来意大利和德国的机票。大男孩就买了意大利和德国的日常用语对话手册给我学习，又买了《孤独星球意大利》。

接下来的时间里，我们的电话对话基本如下。

大男孩：“你看《孤独星球意大利》了吗?”

我：“没看。”

大男孩：“你知道你该做点儿计划吗？你和娜嘉都不熟悉意大利。”

我：“我知道。”

大男孩：“但是你还是不会看书是吗?”

我：“是的。”

大男孩：“我就知道，我买了也是白买。”

我：“不会白买的。一定有用处。”

他不信，我却心里有数。

把短语书和《孤独星球》漂洋过海地带到意大利，飞机上、机场内那么多时间，还是一页也没翻开。

到了玛莎家，打开行李，书摆在娜嘉面前。她伸手拿起。

我知道自己的计划得逞。此次旅行，我再也不必担心行程安排。

于是，地铁中、火车上，我所有用来盯着窗外胡思乱想的时间里，娜嘉都把头埋在《孤独星球》中，津津有味地阅读，做笔记。

意大利妈妈

玛莎的妈妈名字太长，记不住，我和娜嘉就跟玛莎叫她妈妈。

我也是到意大利第二天才见到玛莎妈妈。前一天我先是睡觉，然后晚上玛莎邀了朋友家里聚会，她妈妈躲了出去到后半夜才回来。

因为我是中国人，玛莎妈妈担心我内向，不适应意大利的风气。第二天早上刚见面的时候只是礼貌的问候和紧密的拥抱，这是意大利人生活习惯中比握手更含蓄的表达。坐下来，她像天下的妈妈一样准备咖啡面包甜点。她不喜欢吃早饭也不喜欢吃甜食，就站在厨台边上看我们吃饭聊天。她不大讲英文，我不会意大利语，交流起来很不方便。就只是保证食物源源不断地供给过来，意大利风格主妇。其实有正式的餐厅，但是大家还是都挤在厨房的小方桌旁边叙旧。我顺便学些日常意大利语。和玛莎和娜嘉都会四五种语言相比，我的语言天分差。好在意大利人讲话全靠手势，这个学起来很快。我连蹦带跳，大概半个小时后，就和玛莎妈妈熟络起来。她说我像动画片里的疯狂兔子，还在我脸上左亲右亲表示喜欢和亲密。

我和自己的妈妈是不亲密的。我妈妈不喜欢表达她的感情，而我和她也没有什么共同语言。可能是私下觉得自己被亏待，尤其当看到朋友们的妈妈怎样宠爱自己的子女的时候。

其实父母给了生命，又把自己养大，也不知道因此牺牲了多少，吃了多少苦头。我能做的只是尽心报答，没有资格挑剔。

我妈妈比我更坦然，她觉得自己没本事，当然就不能给我更多，除了这样还能怎样？倒是我可以把日子过得更好，回报她更多才是正路。

旅　　行

因为是本地朋友安排的行程，所以住宿和度假的地方都不是旅游热点。旅游热点当然有它的好处，但是人山人海，除了看人头看得头昏脑涨外，各项服务也跟不上。吃饭上厕所都要排队，再美的景色也失了乐趣。

怕去旅游热点还有另外的原因，很怕中国旅行团。总是浩浩荡荡一群人，因为等人、观景、拍照，呼啦啦地堵在路口呼朋唤友。一路上你牵我扯，大声喧闹，丝毫意识不到自己给别人造成困扰。我也是小地方长大，知道这些旅行团也不是故意给人添麻烦，因为不懂规矩，所以不守规矩。理解虽然理解，却很让人头痛。而且有中国旅行团聚集的地方就有小偷出没。中国人喜欢买名牌，带现金，一偷一个准儿。因此在国内的时候总是听说意大利杂乱。其实大部分地方都很安全，民风淳朴。大家的钱包，手机相机都是随处放，海滩上，兜售饮料、书籍和帽子的商贩走来过去，也没见到谁丢过东西。

朋友安排的地方都是离景区近，近在咫尺，想过去，汽车火车半个小时就到。安静漂亮的本地小镇。都是本地人，非本地人也是拖家带口来度假，至少也要待上一两个星期，没有到此一游的过路客。街上行人脸上都是放松的神气，脚步也都是慢慢悠悠而不是行色匆匆。这样的小镇就安闲很多。

因为游客少的关系，会讲英语的服务人员不多。吃饭还好，指着菜单大概地点。意大利菜符合中国人胃口，随便点也不会大错。何况主要食材的名字和英语的发音差不多，可以猜得出。

意大利人性格大而化之，对人热情但不周到，喜欢寒暄不喜欢做事。这些特点都和东北人的性格相似。食物也是一上就一大盘，撑死了算。去餐馆吃饭，餐前白送的面包小食就能把我吃饱，试了一次就再不敢去碰。这里人的习惯是边吃边聊，早餐简便，拿起来就吃。中午舒适，吃完了好午睡。晚餐是大事，配着美酒和咖啡，从天亮吃到天黑。为了能吃得更多点儿，我们也只好学本地人点葡萄酒和咖啡来消化。

不讲意大利语就买东西来讲比较困难，娜嘉自己也看得眼花缭乱，顾不上帮我问价。本地人也不像中国商贩一样拿着一个计算器清清楚楚给你看。总是我说我的，他讲他的，不亦乐乎。后来我就靠手势，问价加讲价，喜欢的东西最后也都是以自己的心理价位买到。因为购物心情的热切，还不自觉地学了几个意大利短语和数字。不爱学习的人也有看天吃饭的本事。

安排的民宿就在山腰处，果园和花圃中间。主人同样不会讲英语，全部交流都在刚见面的前五分钟完成。一天清晨，我在外面的山里遛弯。看到主人在插花，我去喜欢了一下，又拍了照片。主人随即进屋取了一只小花瓶，插了一小束送给我。

世界上最通用的语言就是笑容。你对世界笑，世界就对你笑，最为简单写实的生活经验。

意大利乡下到处都是花和果园，大多色彩浓重，看得人眼花缭乱。意大利的设计也一向是以艳丽花哨出名。虽然白色服饰很多，也是实用的关系，但是也都镶嵌着暗花。本地出产的家具、灯饰、服饰、装饰都大量采用植物花朵造型，从来都和简约无关。以前只知道这特征，并不懂缘由。现在看了他们的生活氛围，也就理解了他们的灵感来源。

离开民宿的时候还是清晨，遍寻农庄都没有人。我们要赶火车，没办法，就把钥匙留在了门上。两只当宠物的山羊倒是和我们混得很熟，一直咩咩地对我们叫。好像讲再见，知道我们从此离开不再回来。

米兰 八卦两篇

第一篇

在米兰见到娜嘉的朋友米兰就很奇怪了，她是英国国籍，常住法国。爸爸是意大利人，在米兰有住处，海边还有度假屋。大约是因为思念家乡的缘故，给自己的女儿以自己出生的城市命名。米兰这个人听说娜嘉到了米兰这个城市，就借着这个由头也到意大利度假。

“不想干了，这次回去就辞职。”她抱怨着。米兰目前在巴黎时尚圈子做杂志，据说很苦，竞争特别激烈。具体怎样的辛苦或者竞争激烈我倒是没有问。时尚这东西，我怎么也无法上心。时装设计与裁剪我倒是喜欢，但那是个人喜好的风格，和所谓的时尚流行无关。

米兰有一头红色的长鬈发，她以自己的鬈发而傲，从不做拉直的处理。我却偷偷想着那大小适中的红发卷太自然而不真实。绿色的眼睛，被红发衬着，宝石一样发着光。米兰个子不算高，一直都穿质量很好的高跟鞋，走路时和我们一样健步如飞，也不觉得她比别人矮些。皮肤一直骨瓷器的白净，晒不黑，这一点她很以为憾。腰身极细，脸上有自然却精心的妆容，混时尚圈子，又是天生的芭比娃娃样子，再粗糙也是有限。

米兰和娜嘉感情极好，我们同在上海的时候她常来我家借住。那时候她还是做画廊的，意大利根基法国长大，满身都是艺术气息。我对艺术懂得不多，常听她指点。所以她每次来家里，我都开心，拉着她聊天。她也很健谈，有求必应。

私人生活方面米兰常说自己很开放，毕竟是搞艺术的，就算是人保守都不好意思直讲出来。我倒是觉得她单纯，大概是她清澈见底的绿眼睛。那么干净的眼睛，即使做了什么也无法和污秽联系起来。

这次米兰先是带我和娜嘉游米兰，没有和我们海边度假。她自去看住在乡下的爸爸，然后又过来带我们游罗马。有本地人导游就是不一样，尽管米兰最多也只是半个本地人，但是会流利意大利语的缘故，行程就很顺利。

罗马有多漂亮和壮观就不必细说了。总之到哪里都是惊得掉下巴。去繁求简这件事是绝对没有的。本来图案已经多到复杂了，何妨再多一些？只要“奢华”“繁复”两个词就可以形容我眼中的罗马。大概中国盛唐也就是差不多风格吧。不过罗马人把自己的历史和建筑风格保护得很好。罗马，还是自己来看吧。不要跟团走热点，只要大街小巷无人处遛遛老城墙根就可以体味到当日的辉煌。

米兰，这个人不是城市

米兰的加入对我们最大的好处就是吃。意大利人根基和法国生活方式的综合令她对吃有中国人一样的热忱。为了美食可以踩着高跟鞋跟着 GPS，绕到小巷子里去吃真正的美食。我和娜嘉在吃的上面一向无可无不可，因为米兰的关系就有机会品尝地道地方特色。

我爱吃西班牙的薄火腿，空口白吃，或者配奶酪面包都好。以中国人口味唯一可以抗衡的中国食物是金华火腿。路过一家饭店里看到招牌菜是西班牙薄火腿配哈密瓜加可乐，我慌了，说这可是乱套了。米兰解释说这其实甜甜咸咸的做零食很赞，还问我要不要点一份。我连连摇头，不肯尝试。米兰说你们中国人吃番茄蘸糖不是也很奇怪？个人有个人的吃法。这说法我赞同。又想到了泰国的一个经典小吃是青芒果蘸辣椒粉盐巴，那个也是令我足够震惊。

最后一顿晚餐吃得格外地饱，时间也拉得格外的长。我们边喝酒，边聊，边大笑，又找到人在上海时的感觉。

后来提议每个人讲一件发生在自己身上不可思议的事情。虽然是提议每一个人，其实是要米兰讲。我这人的生活向来无聊，没有故事发生。娜嘉身上发生的事情我和米兰都知道，也没有必要讲。

于是米兰讲我们听。

话说我离开以后家里经常聚会，又总是聚会到很晚。因为我在的时候要顾及我早睡的习惯。米兰在聚会中认识了一对夫妇，男人是欧洲人，年纪较大，女人是华人但是非大陆。我码字难得人物介绍这么模糊，只因为这真人真事说出来好玩但是传出去不好听。两个人都在上海工作，人也长得漂亮。中间人介绍他们给米兰认识的时候，告诉米兰这两个人是裸体主义者。这方面，米兰不介意，毕竟她和搞艺术的人接触很多，什么怪样的习惯都有。

两个人都是又漂亮，又会讲话的那一种。他们后来在吃早午餐的时候又一次遇到，还是聊得很投机。于是互相留了联系方式。

过两天那女孩子就约会米兰到家里去吃奶酪火锅。米兰之前提起过自己很想念奶酪火锅。简讯中提及他们都是裸体主义者，家里很热。叫米兰也不要穿太多。

米兰觉得和不穿衣服的人一起吃饭是有点儿奇怪。但是又感觉两个人很坦诚，再加上人天生有的好奇，就接受了约会。说到底还是奶酪火锅的诱惑强些——吃的诱惑，在海外生活过的人都懂，就算是圈套也是要跳进去。

按时赴约的时候是男主人开的门，身上只一件海边才好穿的夏日游泳裤，女主人则是极自然的全裸。屋子里果然是热，仿佛不穿衣服再正常不过。他们先是问米兰是否介意，得到首肯后就请米兰喝香槟。几杯香槟下肚，男主人说自己也想裸，又问米兰是否介意。得到米兰的允许之后，就迫不及待地扯掉了泳裤，下半身叮叮当当满屋子里晃。

马上开饭，米兰坐中间，男女主人光着身子坐两边。米兰就觉得别扭，旁边两个人又都劝她，说大家都脱了才自在。米兰想想，脱就脱吧，好像大家都在裸体海滩。要不然好像自己不礼貌特别跑来参观人家似的。于是米兰也脱了上半身，留了底裤在身上。

于是三个人裸着，半裸着，吃奶酪火锅喝香槟。

吃得差不多时候男人先伸手过来抚摸米兰，不是敏感部位，就是肩膀胳膊。然后女人过来亲吻，先是脸颊后是嘴唇。这就比较过分了。

米兰站了起来，说是现在太晚了，明早还有事情，得回家。当时才九点钟。说着要穿衣服走人。两个人忙拦着她，说是家里一向自由精神，可能令米兰不舒服，完全理解。他们接下来收敛一些就是了。也难得遇到聊得来的朋友。

米兰就留了下来，毕竟好奇。接下来的话题想不谈男女床笫也不行啊。这个米兰也可以聊。说得起劲，男主人让女主人把自己的性玩具都拿来展示。米兰说那真是五花八门应有尽有。米兰看得不舒服。借口去卫生间，人一进去就吐了。她想着不好，还是走为上。回到房间，正要开口抱歉，发现男女主人正在房间正中口交。

米兰这下子真的慌了。话也说不周全，磕磕巴巴地胡说了个理由。再不肯多流连，胡乱穿好衣服跑回家。

第二天，米兰打电话给介绍他们认识的朋友诉苦。朋友说，是啊，我去吃饭时候他们也是光着，还叫我也脱衣服，压力很大。米兰气急，问朋友为什么不早讲？

“你自己不脱就是啦。有什么好说的，又不是什么好事情。”朋友自有说法。

米兰无话讲。下午那一对夫妇还是发短信过来。说是前一夜的时光很美好，有时间再相聚。没有被两个人裸体相逼的米兰这次诚实得多。告诉他们自己的前夜不但不开心，而且生理反应也很严重，不停地吐。

米兰没过多久离开了上海，当然也再没见过那对男女。

“至少你人生中多了一个笑话。”娜嘉安慰她。

现在说起来当然是笑话，当时的压力也可想而知。这一对有这么特殊爱好的夫妻远隔重洋还能找到对方，实属不易。可惜他们虽然找到了彼此，光有彼此还是不够。

“是啊。有一天我会告诉我孙子，你奶奶我当年差点儿和裸体主义者搞 3p，当然这个只能告诉孙子，不能讲给爸妈。”

和娜嘉的欧洲旅行语录

娜嘉见到我的第一句话："唉，你怎么变矮了啊。"

因为不断地改变行程，27 个小时纯飞行，45 个小时旅行之后的我疲惫不堪，有点儿背弓腰缩的。但是还要接受这种欢迎？

"站直了。"娜嘉又说。

在米兰坐火车去渔村。火车很舒适，但是窗子太脏，风景模糊不清。我抱怨。

娜嘉说："想象你在欣赏印象派风景画。"

喜欢这种生活态度。

娜嘉要我拉她的食指。（西方文化中，拉了人中指后对方就可以放屁。算是放屁的预警。）

我不肯合作。

娜嘉说："你试试看，也许会有什么神奇的事情发生。好比，你一拉我手指我们就进入一个平行世界。"

我不买账："进入平行世界的我还是我，还是一样的无聊生活。"

"你想象一下，也许平行世界里，房子都是巧克力做的，河流都是啤酒。你不试一下怎么知道？"

于是我想象了一下，就拉了她的手指。

什么也没发生，世界还是原样，我只是拉了一下娜嘉的手指。

我被骗了。还有一个可能，我换了世界而不自知？

我们坐在火车上。娜嘉指着我座位旁边的红色紧急榔头说："如果有什么万一的紧急情况，你要用这榔头把玻璃敲碎。"

我摇头，说："万一有什么情况，我就让到一边。你过来拿榔头敲碎玻璃。"

"为什么是我？"娜嘉质疑，"到时候全车的人都惊慌失措，你怎么知道我会镇定?”

“因为我在你身边啊。”我说，“你会觉得有责任保护我的安全。”

“那你为什么就可以慌乱?”她气哄哄地问我。

“因为有你在身边啊。”我说。

这次我赢了。

娜嘉帮我拍了很多我戴琥珀戒指的照片，我们都觉得好玩。但是照片的角度关系，很多只有胸没有脸。

我说：“我想把这些照片挂网上，又担心照片不体面（indecent）”。

娜嘉说：“没关系，你挂吧。照片不体面只会因为你的胸不体面。你的胸很体面（decent)，所以照片也会体面。”

有道理。而且发现decent和体面是完全可以互换的双关词。

我们两个在海边睡了一天，走山路回民宿。人有时候越休息越累，比如今天。两个人换班背水果，一大包水果。都不讲话。那天的山路特别长，怎么走也走不完。虽然晚了，太阳还没有下山，照在人身上热辣辣的。意大利的夏天。

娜嘉忽然赶上来对我说：“我的内内夹在屁股缝里了。”

我先是一愣，然后大笑，谢谢她和我分享感受。

“我就是想和你说一下，让你分享我不舒服的感觉。”她解释，“不明白有些人会花钱买丁字裤让自己遭罪。”

我还是大笑。“你要记住。任何时候告诉别人你内内夹在屁股缝里，对方唯一反应就是大笑，不会同感不舒服。”

“好吧。”她点头，不说话了。过了好一会儿又说：“其实是我的两个屁股瓣儿感觉孤独，互相想念。”

我继续狂笑。

忘了什么事情。我对娜嘉说:“嗯，你知道我会把这个对话记下来的。”

娜嘉愣了愣，才说：“真糟糕。为了防止你写我，我忍了好久不再讲屁股缝这个词。”

结果，本来要写下来的我忘了。这句话我倒是记住了。

娜嘉和我在她家里吃早餐。我的意思是她抽烟，我喝咖啡。两个人不约而同地说起要剪头发，还都要剪很短。我高兴得在地上转圈。好像小狗追尾巴。

娜嘉说:“你好可爱。”

我笑:“因为我像小狗吗?”

娜嘉点点头,又没来由地说:“Franz 也喜欢你。”

我问:“因为我喜欢写作吗?”Franz 是作家。他和他老婆像是娜嘉在德国的亲人一样。

娜嘉说:“不是的,因为他也喜欢狗。”

这个经典。

德国小见闻

首先迅速发现，原来我喜欢吃的一切德国美食都和德国人没有关系，什么猪肘、酸卷心菜和配啤酒的硬面包。我随便说想吃什么，德国人都会摇头，告诉我那些都是巴伐利亚食物。和德国食物不是一回事儿。至于朋友支持的 FCB 足球队，也是慕尼黑的事情。

之前在德国只去过慕尼黑，以为慕尼黑就是德国，哪知道它们各自不认。

还好，啤酒还是德国的。

我奇怪德国啤酒味道这么好，又这么出名，为什么从来都没有在德国以外的市场见过？

娜嘉说，德国啤酒业界若干年前（500 年前？）起誓发愿德国啤酒只用粮食，不加任何防腐添加剂。因此德国啤酒不能长期保存，只能就新鲜喝。内销没问题，出口到远方也是坏掉。

还好德国人喝啤酒能力强，消费力还支持得了国内啤酒业。

这事儿要是发生在中国，大概又要宣传喝啤酒爱国运动了。

我曾经一个人在德国机场混过。娜嘉与我不同机，但是安排人来接我。就等人来接的那么几个小时，还是感受到德国人的特点。

每一次，只要我盯什么东西发愣，脸上有疑惑不解的表情，必有附近的德国人走过来，用英文告诉我该怎么使用，或者怎么走才能到达。

所以我独自几个小时顺利得很，根本不用主动向人求助。

我把这件事情讲给娜嘉。她同意德国人很喜欢助人。

“他们就喜欢教人知识和给指令。”她说，“但是不喜欢接受任何帮助与指令。你不要妄想德国人跟着你的方向走。”

我们在野外散步，路边是草坪、麦田或者树林。我看见什么新奇的都过去摸摸看看。后来看见一些野梅，很好看，就说要摘一个尝尝。也许是中国人的习惯，什么都要放嘴里尝味道？

娜嘉一路推着我离开，不许我采野果。我问为什么野外的果子，也不是人家院子里的。

她说："没付过钱的，就不是你的，不能碰。"

德国人的垃圾分四样。普通垃圾、有机垃圾、纸和可回收。很多东西都要拆开来分开丢才行。我丢垃圾的时候都是神经质一样小心。要入乡随俗，而且错了一点点儿就要挨骂。

没下流过的人生不是人生

和娜嘉一起吃晚饭。我喝本地产的白啤酒。本地产的各种口味啤酒我都试过，一顿饭，一款酒，这是最后一款。最后喝白啤酒是因为娜嘉不喜欢喝。

我觉得很好喝。就劝她再尝尝。

她接过酒杯喝了一口，又皱着眉头放下。嘴里嘀咕了一句“真是难喝。而且我认识的女人都不喜欢白啤酒。yawk，这味道……”，然后捂着嘴笑。

娜嘉从来没有这样过。“你说什么？”我追问。

“我说这味道，像精液。”她大笑起来。

“你怎么知道？”我也笑。

娜嘉只是看着我笑，没回答。那表情的意思是“这你还用问？”

我们开始讨论男人的体味。娜嘉说，亚洲男人不大出汗，出了汗，味道有点儿像街边卖的还算新鲜的臭豆腐。

我说：“那个叫‘溲’味，未必是体味，多半是没有换过衣服的原因。”

又说了一些，沸点太多，记不得具体的情节。

“那……白啤酒我是喝不下去了，所有男人的精液味道是一样的吗？还是像啤酒一样的从白到黑各种口味。”

我们两个都笑不可支。

“我也不知道，我的试验没有做到那么广的范围。”她说，继续笑。

生活小趣事

故事一：可怜

家里不太开火，又没有食物。连垃圾箱里也干净得很。

偶尔飞进来的苍蝇只有被饿死。

今天地上发现两只死蚊子，这是怎么回事？我的血不好喝吗，还是没有坚持到我回来？

故事二：说到乐观

路遇一乞丐，问我有没有零钱。

我行色匆忙，就摇摇头。

他接着说："旅行支票、信用卡，efpos 也可以。"

我当场笑出声。乞丐也可以让人开心。

故事三：也说乐观

圣诞节上班就算了，还忘了带钱包。

站在咖啡摊前，认真想了想，要不要站在那里唱歌跳舞向路人讨钱？

还是算了，反正到处是吃的，今天总可以混吃混喝，饿不着。

深夜公车上的温暖

晚上坐公车回家。一个小姑娘在我斜对面坐下来，读大学的年纪，黄色的头发粘在一起披在脑后，明显刚从热带海边度假回来。她手上拿着一些因折叠太久而破损的纸片，把随身的几个包放在自己的前后左右。我把自己的包挪到一边，给她空间。她看看我，表示感谢。

我望着她短裤下毫无遮拦的光腿，问："你不冷吗？"

她说："冻死了！我刚从泰国回来，温度不一样。"

我下一句话没有问出口："为什么不换衣服？"

有必要再问吗？有电话进来，我和朋友小声地煲电话粥，然后就把头靠在窗口胡思乱想。

女孩子还是坐在那里，一刻也不停地翻包，一会儿拿出来这个，一会儿拿出来那个。翻好再放回去。我想着，离开的时候要提醒她把自己的手包、手机装好。

马上进城的时候，坐在我后面的中年女人忽然走过来问小姑娘："你是不是需要钱？"

女孩惊了。点点头，又忙解释，她在网上买了公车票，打印好，带在身边。可是压得太久，整张纸破损。司机不认，但是还是要她先上车，下车再给钱。

我这才注意到她手里握着几枚硬币。显然不够车费。

"你差多少钱？"我问。想着我钱包里的硬币和她的加一起大概是够车费。

"谢谢你，不过不用你的钱。我有办法。真糟糕，磨损的正是价格。"她给我看她手上的纸片。

这时，我后面的中年女人已经打开钱包，递过来一张 20 块的钞票。

女孩子愣住，犹豫着接还是不接。"没关系。"她说。还在推托。

“拿着吧。我家里也有年轻的学生，我理解这种难处。”女人的口气不容置疑。

女孩子伸手接过钱，想了想把自己手上的硬币递给中年女人。女人接过硬币放在钱包里。

眼睛都湿润了。深夜公车上的温暖。

老　同　事

老同事是健身狂人。我们无聊的时候，经常会一起打赌。我赢了，他做 20 个俯卧撑；他赢了，我做 20 个俯卧撑。一般情况下，我一个俯卧撑也做不上来，仰卧起坐也是勉强做 5 到 10 个。其实打赌我输的次数很少，但是每次同事都可以笑得前仰后合，所以他觉得很值得。

后来他去了上海，真是风水轮流转。前两天聊天，他问我俯卧撑练得怎样?

我不好意思地说："啊呀，好像比以前更差了。"

对方震惊："你的俯卧撑怎么可能变得更差？没有更差的空间了。"

拳　击　课

下定了决心，下周四去体验人生第一节拳击课程。家附近只有这一家专业型的，想走低端慢慢来也没机会。（想去学拳击，前后想了十年。我再不敢说自己是想做就做不回头一族。）

教练看见我，比我还愁，说："这项运动体力要求很高，不行就不要硬跟，停下来。"

我说："我的目标是跟下来十分钟，就很满足。"

教练面部表情稍稍扭曲了一下，说："你知道，我们的体验课程也可以只看不跟。要不然你还是先来参观一节课。"

IT 大叔

今天一进门，看见办公室的 IT 大叔正在炫耀。他请了两天假加上周末，进山打猎，收获了一只长得像羊的鹿。三个男人一起兴高采烈地讨论鹿肉的各种做法。

最近各种过节，IT 大叔经常从办公室消失。又钓鱼又打猎不知道在哪儿玩得不亦乐乎。

我感慨："你看起来好像电视上钓鱼节目那些人啊。"

IT 大叔只是矜持地微笑，并不搭话。同事们笑我孤陋寡闻，说 IT 大叔本来是混那个圈子的。有时也在电视节目里面出现。大叔接着说他每次钓到鱼上镜就拼命讲粗口，这样编辑就会把他那段掐掉。我在心里悄悄吐舌头。因为喜欢钓鱼，那节目我是常看，却没有意识到自己身边的同事就在里面客串。我的糊涂真是上了一个境界。

一番热闹的鹿肉做法讨论过后，IT 大叔对我说："不好意思啊，这周末不能带你们去钓鱼了，我的朋友 Gr 要我去北岛陪他做 Go Fishing 电视节目。"

他本来答应周末带我们去钓鱼。虽然说是说好了，也不能勉强他坚守诺言，毕竟电视节目制作更重要一些。

"谁是 Gr?"我问。

"就是那个坐轮椅的主持人啊!"

我也没留心过主持人其实是坐在轮椅上主持节目的，大概注意力都在鱼上。

"坐轮椅还能当电视节目主持人?"我很傻很天真地问。

"是啊，反正没耽搁他钓鱼。"

IT 大叔说完就收拾行李准备离开办公室。

我有点儿惊异，怎么就下班了？才三点钟，我去厨房给自己做了一杯咖啡。

等我回来的时候，IT 大叔已经走了，我的桌上多了一盒钓鱼部件和闪亮的飞蝇鱼饵。

“你不知道他的职位被取消了吗？今天算是他非正式的最后一天。过两星期后他再回来，就是最后一天工作，我们要开一个小型 party。”帅哥同事说，IT 大叔坐我同桌很久，从来没有提起自己即将下岗的情况。

“他本来也不会下岗的。一直都在外交部门，全世界跑过很多地方。因为工作单位总是缺乏电脑技术人员，很多问题不方便请外面的人，等本国专业人员飞过去又太麻烦，他就自学电脑，最后成了 IT 的专职技术人员。”同事告诉我。

“如今政府为了节省成本，IT 全部外包。他这种非专业背景，下岗肯定先轮到他。”旁边有人继续解释。

“真是可惜，不知道他今后怎么办？”我担忧地说。

“你还担心他？他家里是地主，光是出租的房子都有好几幢，这个工作基本是他的业余爱好。”

“他钓鱼打猎，所有设备都是专业，这方面随意做点活动，就收入不菲。另外他还是义务消防员，保证不会闲着。”

人家七嘴八舌地说，我也放了心。IT 大叔平时不大讲话，却一直善待我，凡事都肯帮忙。他每天都是乐呵呵，只有一次听他在电话上和别人抱怨面试机会很少，又迅速转变了话题。我当时觉得奇怪，却没有问一句。还以为他想换工作，问起来也尴尬，好像我偷听他同别人讲电话。也是我糊涂，反应不够快。

中国点心

同事带来分享的萨摩亚点心。这个字面翻译就是“中国饼干”。我尝了尝确实有一种中国点心的味道。虽然味道很熟悉，实在想不起和哪一个点心像。椒盐饼?

大家吃得都很开心。中国软实力的再次体验。

同事边吃边讲。当初德国入侵萨摩亚岛，看见满岛都是强壮的男人与女人，觉得总算找到天堂。他们不费吹灰之力占遍群岛，又挑结实的抢了许多壮丁做劳力。

结果，结果，整个项目失败，因为劳力们都太懒，只吃不干活。后来德国人没办法，又去中国拉了很多中国人过来干活。萨摩亚群岛的中国人就是这样移民过来。

同事边讲边笑，我也笑。

为你的快乐而快乐

最近发生点儿奇怪的事情，好久不见，本来也没有什么联系的朋友都过来打招呼，说些有时间会过来玩，然后顺便来看我之类的。

我一律都说好，谁来都开心。还像模像样帮人家设计行程。

后来发现他们其实不想来。我有点儿纳闷，不来你和我讲什么？

因为好奇，回头去看聊天记录，都是朋友们告诉我最近他们的事业有多得意，取得了怎样的成功。

我笑起来。如果你快乐，我也为你的快乐而快乐。

另一位平时不大联系的朋友A。我认识他的时候，他正和我的一个女朋友交往，是在酒吧给人家配乐的吉他手。

A的吉他弹得真是好，唱歌唱得更好。但是他不适合娱乐圈，不会推销自己。又不能讲中文，去不了什么选秀节目。

我每次见到他就会鼓励他自己出来单唱。

后来，他和我的女朋友分手了，我们也就很少见面。见了两次，都是我的女朋友要求我去看看他，安抚他的情绪。

我见到他，就会挫折教育。告诉他女人大把，事业才是要抓住。

那时候出国很急，很多人没有打招呼就走了。上海认识了那么多人，哪里能都顾到？

A意识到我已经不在上海，发信过来告诉我他的近况。

他出来单唱，很成功。还和中国民乐团配合，做出自己的乐队风格。他写了一首歌，把我的名字也写进去。差不多的意思说我很阳光，让他看到周遭有天使之类的。

第一次有人特别把我的名字写到自己的歌里，有点儿感动。

也没有很感动。我知道我不漂亮，但是有光芒。

傻瓜日记

这世界上有比比谁更蠢的锦标赛吗？如果有，我一定是国际级选手。iPhone 用了一年，今天才发现一直都在启用免打扰模式。我说嘛，这么久我的电话都打不通。每次都是人家在我手机里面留言我再打回去。我要不停地充值，烧钱无数。

昨天无聊，决定去赌场看看热闹。朋友听到立即担心起来，中国人去赌场，不输光都不肯出来。我说没关系，身上现金本来就不多。果然输光才出门。一共十块钱的硬币，坚持了两个小时。

赌徒的心情也还是能感受到一点点儿的。凭一块钱在老虎机上赢了许多才可能坚持到两个小时。到了后来也是一样的目光呆滞，时光不觉。

然后用朋友给的积点卡吃了一顿大餐，看了看热闹才回家。这张卡，吃饭、喝酒、住宿都不必花钱。天晓得主人资助了赌场多少银两。

分糖

看见两个小女孩为了分糖不均而哭得昏天暗地，心碎泪流。她们不知道世界有多大，未来有多少期待在等待，对于她们这世界上最重要、最值得争的就是那几块糖。

也许我们都是这两个小女孩，争的，抢的，哭的，闹的，就是眼前这两块糖。

狗生活

帮人看狗一天，看它眼巴巴地望着人，等着人，离开人就哭的样子。

感慨，为了在人手下混口吃的，做狗也不容易。

结论，绝不做狗。即使饿着苦着，也要有尊严地活着。

小幸福

5 块钱送去干洗的衣服，送回来时好久没穿。今天发现口袋里有 10 块钱和一张旧机票。忽然有一种赚到了的喜悦和往事如烟的幽情。

寒冷的冬夜，外面下着雨，抱着热水袋窝在床上看书。旁边有白葡萄酒和蓝奶酪。

真的不要洗脸

最近看见网上有人实验，一个月不洗脸，脸色越来越好。这有什么稀奇，我早知道了。出门上班前 15 分钟才起床的人怎么可能有时间洗脸？

数　　学

故事一：前两天电视新闻说，本地基础数学教育实在太差，还特意和中国小孩子比。说最主要是老师的数学能力太低。

上班两小时后，我自己嘀咕：“上了两个小时，还有××小时结束整个大班。”旁边警察也开始算：“我也上班两小时，还剩下……”接下来两分钟他都在算时间，十个手指头也用上，还是没算出来。

我说：“这是两国数学基础教育差距最典型案例。”

他说：“是我们上班时间段太复杂。”

故事二：广播里，两个电台DJ突发奇想，号召比较特别的行业人打电话进来报一报自己的年收入是多少，满足一下好奇心。

一个在路上修路，专管翻路牌的工人打电话进来报时薪。（话说，这份工作向来号称最好工作之一，基本什么也不做，就是隔几分钟翻一下“行”和“停”的路牌，然后看着人来车往就行了。据说只有走工头的关系才能做上这闲差。）两个DJ也好奇起来，起劲儿地问薪水。爆料人说，这工作都是临时性的，也说不清楚一年多少钱。他就给了个时薪。

这下子可是难为坏了男女两位主持人。怎么也没有算出来年薪，最后放弃，直接进了广告。

本地无新闻

七点黄金时间，本地收视率最高的晚间时事评论节目花了至少十分钟聚焦一件案件外案件。一个居民投诉电台，她的小京巴狗不停追赶正在抓贼的警犬。为了防止小狗继续干扰工作，警察对小狗喷了胡椒水。小狗因此郁闷了好几天，还经常哭。

整个节目，狗主人痛诉，小狗还是眼泪汪汪。

讨论焦点是，小狗那么小，警察应该向它喷胡椒水吗？

警察回应：没有硬性规定，看情况而定。带狗执行公务人员不过为了保护警犬而已。

主人坚持：我的狗小，伤不了你受过训练的大狗。

还是七点黄金时间。一个上中学女孩向电视台控诉，学校的校服中没有羽绒服，冬天上学的时候太冷。冷了就会生病，生病了就会影响学习，而且给国家卫生健康体系增添负担。

学校回应：每年都会因为校服问题正式调查家长意见，大部分家长不愿意就不能强迫多添一件校服。你有意见，走正常程序，不要跑到电视台去闹。

学生回应：你不把校服中添一件羽绒服，我就和你闹下去。

还有一个是正式的国家新闻。

新闻背景是这样的：国家最近新添了一个政府机构，说是新添，其实是合并，导致此政府机构雇用工作人员全国最多。（合并这回事是不是合理，倒是从来没有人讨论过。）

位于首都的机构总部的女卫生间里装了一个直发器。卫生间装的这个直发器大概用了400块钱。问题是，平时上班，不管男女，没有人跑到卫生间真的去用这个直发器直发。这就是浪费政府的钱。

讨论焦点是：如果卫生间多花了400块装了没有用的直发器，这个政府部门是不是还在其他地方乱花纳税人的钱？

关键是以上及类似的每个新闻我都从头看到尾，还会关注后来的追踪报道。

越南姑娘

和朋友 YK 到家附近的一家咖啡店吃早午茶。这家咖啡店的咖啡味道醇正，各式糕饼不但花样俱全而且款款精致，时时去，时时客满。好在大家都自觉，不好意思抱着电脑一杯咖啡一下午。如果不是外带，也都是吃了就走。可见咖啡厅喧闹也有喧闹的好处。

“昨天你上班，我帮阿妹搬家。”等咖啡的间隙，YK 说。

我点点头。

YK 家的院子里有一处一室一厅的简易房。虽说是简易房，内里也是各色用品俱全，前任的房主人给自己的母亲建的独住之处，方便互相照应，也可以各自独立生活。

YK 接手的时候，房子空着也是空着，就租给一对小情人。女孩子来自越南，男孩子来自印度。这样的种族结合不算多。女孩子很能吃苦，在一家越南餐馆里打工，男孩了也是白手起家，一步一步做到咖啡馆小经理。移民申请正在最后的核查阶段。两个人日子越过越好，结婚也渐渐提上日程。女孩子回越南探亲，印度男孩奔来跑去准备在姑娘回越南的时候把家里大修整，等姑娘回来就求婚。

他算准了时间到机场去接人。因为姑娘回来的时间是男孩上班时间，男孩子并没有事先告诉女孩。一系列惊喜中的第一个。男孩子等了半天，才看到自己的女朋友和另外一个男人同走，举止亲密。忙跑上去追问，才知道女孩已经在越南结婚，这次是和丈夫一起回来。丈夫是女孩打工餐馆的老板，和她前后脚去越南，又去她家探望。据说婚姻是家长安排的，姑娘的爸妈说大家有共同语言，沟通方便。女孩的爸妈，印度男孩子是见过的，一年前他也跟着姑娘回过家。

电影里老掉牙的桥段现实中上演，印度人不讲越南话，两人交往前就应告知，今天才提起是不是太晚？我们听了这八卦，都震惊，却无人指责姑娘。她出国也是为了过好日子，打工妹和老板娘，简易房和豪宅，换别人怎么选？都只是埋怨她不愿意嫁给男孩子为什么不早讲，哄骗人家这许久。

姑娘长得圆圆脸，很安静，和气文静，属于在你旁边打破碗你都不忍心责怪那一种。尤其是那一头乌黑长发，女人都要多看两眼，男人不动心也难。

越南姑娘来收拾行李的时候，他的从前的老板，如今的丈夫在外面车里等着。

房间里的印度男孩起誓发愿地等她回心转意。他开始学越南语，学好了就去越南和姑娘的父母沟通。他认定姑娘是被自己的父母强迫着嫁给老板的。那里的父母为了钱，做得出这种事。越南姑娘只是哭成泪人，什么也不肯讲。

被硬拖进事件的朋友 YK 满脸窘相地坐在客厅角落里，从头到尾都没讲话，恨不得隐身。

爆栗子和吃

想吃栗子，正是季节。用微波炉做实验。爆了。惨不忍睹。

再实验，又爆了，这次是烤箱。花了我巨长的时间才清理好战场。不过我离成功不远，活下来的都很好吃。现在才明白什么叫“爆栗子”！

有机会尝试一下世界上最难吃的高级面包。no glutton，no wheat，no dairy，high fiber，没麦子，没面筋，没奶制品，高纤维。要多难吃，有多难吃。长见识了。

冰箱里剩下的两条培根，配剩下的半块嫩豆腐。微波炉蒸两分钟。撒点儿胡椒，配一片香菜叶，也是好吃的晚餐。

最近被一些小事搞得很郁闷，食不下，睡不稳。今天摸摸肚子发现肚腩小了，顿时又开心。

朋友隔空问我：“为甚你总说自己瘦了，没有胖过吗?”坦白讲，没自夸瘦的时候都在胖。

婚姻是个什么东西？

故事一：朋友托尼帮他的房客搬家，两个人一边搬家具一边聊天。据托尼的房客说，新住处的男主人是本地人，女主人是中国人。他们刚买了房子，有一间屋子空出来出租。这样的结合本地很多，托尼也没有当回事儿。

车开到人家院子里卸货，男主人出来接人，也帮着搬家具。托尼也就跟着进了屋，看见女人的身影，就按常例礼貌地打声招呼。

等托尼看清楚女主人身形，他呆掉了。女主人是自己好朋友的老婆。他以为自己看错了，就不管礼貌地赶过去看人家的正面，真的是自己好朋友的老婆。自己和这夫妻两个上星期还在一起喝酒。

托尼朋友的老婆也很尴尬，两个人都不知道说什么好。互相道了一句："你也在这里啊。"就慌忙各自走开。

屋漏偏偏逢雨，托尼出门就看到自己朋友的车停在大门口，把儿子放下来又走。于是所有人都尴尬，托尼更是落荒而逃。

托尼的朋友移民办了一半，各种原因无法成功。小孩子因为在本地读书太久已经无法适应中国的学校和环境。大概是为了小孩子，女方委屈嫁给本地人？但是夫妻两个回国，小孩子还是可以留在本地读书。也许是两个人感情真的破裂。不过上周大家还在一个桌上吃饭，说是圣诞节两家一起到哪里度假。

托尼朋友和他的老婆都再没有出面解释过。很快托尼的前房客又被请出了出租屋。这笔官司，至今无人弄得清楚，谁又说得清？

故事二：朋友和我一起喝红酒。虽然是酒吧见面，不过是聊天方便。朋友开车，我担心她被查酒驾，打算各自一杯，就各回各家。结果朋友一杯下肚，再来一杯。她和我讲起她的男人，和她有婚姻关系的男人，和她有肉体关系的男人。

“我老公在床上完全不顾我的感受。”她抱怨。

“中国男人都不大顾及妻子的床上感受。”我轻轻挥挥手，“如果不注意锻炼，身体一般也不够好，虚弱，挺不住。”我笑着说。

“不会啊，除了我老公之外的男人都很爱我，做爱的时候都顾虑我的感受。”她不服气。

“其他的男人是和你偷情啊，姐姐。”我大笑，“偷情的感受多刺激感官。而且这是一锤子买卖，最多也就是临时工。他不顾及你感受，下一次你就不肯找他了。丈夫不一样，丈夫翻新花样的激情不够。而且偶尔搞得太热闹，以后不能继续满足你怎么办？”

“是啊。男朋友是真的比老公好。日日都有甜言蜜语，关心备至。只是男朋友有老婆管着，联系不方便。他不肯离婚，我也不要他离婚。他要是离婚，我还要对他负责。”她解释。好像解释给我听，其实是解释给自己听。

“我老了，就安心和我老公一起生活。”她继续说，“我老公是一个好人，可是他从来都不关心我，当然也不管我。我这么多年在国外奋斗，老公连‘辛苦了’也不会说，孩子的事情也只有我一个人操心，好像都和他无关。我都是靠一个又一个男朋友熬过来的。”

“既然这样，大家都方便。各人有各人活法儿。”我说，慢慢喝酒。那家酒吧一到下班时间就很热闹，要大声讲话才听得到彼此。

朋友要求我把她的故事写下来，我答应说好。可是我其实并不知道她有什么故事，因寂寞而红杏出墙也算故事？床上的情节虽然足够细节与火爆，但是我又不擅长写情欲，不好糟蹋文字。我的欲望值很低，无法体会五十度灰的心态。

“也许我实在是太寂寞了。就是希望有一个男人哄着我，对我关心。即使不是真心的也没有关系，毕竟也是温暖。”

我点头。朋友有点儿醉了。我只是担心她不要酒驾。想着要不要她晚上就近住我家。

“你说，我是不是一个坏人？”她微睨着眼睛问我，整个身体也靠过来，果然有风情。

我摇头。“你出轨，不能怨你，因为你痛苦。是你老公不经营婚姻，不管你的感受。你在婚姻中备受痛苦，你才出轨。不过你不去争取离婚，这是你不好。”

“我为什么要离婚？这样不是正好？”她微微坐正身体。

“你觉得好就好。”我说。

中　　文

同事看我电脑输入中文，大惊失色。

问："你怎么可以让这些文字在电脑上出现？神奇。"

我说："那你们以为我们怎么把中文输进去?"

"以为你们有专门的键盘!"

好笑。

现场表演了一场拼音输入，又解释了中国同音不同意义神奇。

刚出国的时候认识一些本地长大的小孩，中文都会说，因为要和父母交流。也有会认字的，因为经常会被带回国，认路，读报纸。看国内明星的八卦也要认字。但是会写中国字的就基本没有，不管是繁体字还是简体字。

现在，发现自己的中文书写也越来越差，凡是复杂一点儿的字就要想半天。前两天给同事写菜单，辣了泼面的辣字也忘了怎么写，现用电脑用拼音打字，还好同事没有在旁边取笑。有天上街经过一家烤鸭店，招牌上明晃晃地写着"鸭亦中"、"鸭亦尖"。

算了，理解就好。

偶　　遇

偶遇前同事从海外归来。他飞出去前约过我，我没时间，回来没通知我，却遇见。所以说，该来的会来，该见的人终会见。我问他出国干什么，他说替俱乐部去打马球。认识这么多年都不知道他是半专业队员。

一直以为是他人瘦，原来是他有肌肉。

每天都能得到点新启示。

大男孩

我对大男孩说："我想有个爱好。"

"好啊，想做什么？"

"我想去遍这个城市所有的教堂，然后写个教堂总略，也许佛教和印度教也算上。"

"哦，如果你想做就去做吧。"他无可无不可。

"从科学基督教开始，我一直好奇那个。"（就是汤姆·克鲁斯信的那个，大家都说他是邪教，还派几个人全职监督汤姆大哥，防止别人劝摇钱树脱教。）

"嗯，你还是从普通的开始比较好，我可以找出几个你附近出名的教堂给你参考。"

"而且最近爱上了收集古董，下一次拍卖会一起去？"

"这个……"大男孩犹豫着，还是拒绝，"这个我没有兴趣。"

"那和你说一下，我马上就要破产了。"我笑着说，"看上的东西越来越贵。"

"我看，你还是直接去科学基督教堂吧。"

公车就是我的生活圈

阳光明媚的公车上，坐在最后一排的两个小哥在交流吉他技巧。弹了一路，赏心悦目。

顺便偷拍的一位上身赤裸的神仙老大，白色衬衫绑在头上做了包头巾。身上斜挎明黄的布口袋。最绝的是他的行李是一个大而圆的竹筐，也许是洗衣筐？至少有个盖子。

我可以说，无法忽略的是他的流线的肌肉。

难得公车有拥挤的时候，也很嘈杂。一位老奶奶上公车。一位年轻人让座。老奶奶满心欢喜地坐好，又大声说："谢谢你年轻人！现在你可以坐我大腿上！"

上等垃圾

家旁边有家旧货店叫 upper trash（上等垃圾），这么拽的名字一定要进去啊。店里满谷满仓，旧货绝不清洁，满身是泥的辛普森直接叫 dirty old man。二十年前可乐纸杯也敢论个卖。进来的人像朝圣一样诚惶诚恐，指着一个神器问这是什么。他答："不清楚。"问话的人脸色更崇拜些。

我选了一个盘子，一个杯子。杯子里一枚硬币，也喜欢，也一同拿过来买。

问："硬币原来是装在杯子里的，怎么卖?"

他看了看，没讲话，又把硬币原样丢到杯子里。

然后他指着我要买的盘子说:"这盘子一套三个，花样不同，一起卖。"

我说："另外两只盘子有茬口，我只要这只没破的。"

他说："一只盘子，一套盘子，都一个价，你拿不拿?"

我说："不拿。给你一套钱，拿一只。"

出店时，不知道为什么有点儿得意，仿佛自己赢了一步棋。

我好呆傻。

人在山水间

朋友大清早发了一大段极度煽情动真气的文字在我微信上，要我翻译成英文她好贴出来。另附要求英文版要深情款款，最好能达到痛彻心扉的境界。

看了中文，以为她要向谁表白，而且爱得还深入骨髓。刚睡醒的我，定了定心神，迅速裹着被子把情绪调整到想爱不敢爱的单恋频道，文章翻译好，立刻发过去。嘴上什么也没说，心里希望自己的朋友能与她那有情人心心相印。

朋友网上回应："你真是观世音，有求必应。"

"那观音可以吐槽吗？大清早普度众生很辛苦，睡醒就要干活。"

"贴好了，隐私版的，给自己看。"她说。

我怒了："我靠，你给自己看，还要中英文双语的干吗？自己写写流两滴眼泪好了，又陪上了我的早餐时间。早餐对我很重要。"

"我很想念他。十几年过去了，看到一张他送我的卡片，就又想起来了。"

我又不忍心，安慰她："人都有阶段性的情绪波动，不波动的都不是人。想哭就哭，想笑就笑。情绪发泄出来，人也就好了。"

"时间太长，记忆有点儿模糊了。都不记得当时都发生了什么？错了什么，又对了什么。如果可以重来一次，我肯定会珍惜。"

我又怒："很久前已经发生的，又记不得了，还有什么好想？"

"他有很多小毛病，当时的情形也是难为他，不能都怪他。修行之后，自己曾经的错，能真心面对。"

"我不懂佛法。但是修行是放下的过程，这个基本的概念应该对吧？"

"放下是修行。但我想找到他，告诉他，我已经原谅。再讲一句对不起。"

“如果已经放下，何须说对不起，又何必讲宽容?”

“宽容也是一种修行。”

“白痴！不在我生命里的人，我都不去想。想，也想不起。”

“大师啊，你救救我!”

“你有现在和未来。”

成功和幸福的关系论

重要的人生话题。解释起来其实没有那么难。

首先搞清楚，什么是成功。成功的定义因个体不同而不同。随遇而安的人对成功的定义是做到自己的最好；有抱负和理想的人对成功的定义是做到更好；追求社会认同感的人对成功的定义是做到别人眼中的最好。

一个人感受到的成功和这个人实际取得的成绩几乎没有任何关联。所谓追求不同。文雅点儿讲，燕雀焉知鸿鹄之志。做得好，还有做得更好的人排在前面。即使做到世界上最有成绩的那个人，还是在思考如何做到更大，更好。

不满足，是人生的通常态，越是成功的人越是不满足。不满足，也是社会发展的推动力，是每个人的个人努力推动了社会的进步。

西方人一直都在追求做得更好，重要的不是财富，不是事业，就是为了个人的成就感。Steven Jobs 说："Stay hungry, stay foolish." 中国人的成功定义往往是要成为别人眼中的最好。学习、工作、婚姻，什么都是和别人比较的那一刻才具有切实的意义。

在西方，随遇而安也是常态，大家谁都不管谁，谁都不看谁。想得到别人羡慕和嫉妒的情感也是一项技术活儿，因为大家眼睛盯着自己的一亩三分地，有空去户外，没空管闲事。在中国，真正随遇而安的性格会直接被列到没出息的行列，守旧无魄力。有追求的人，都追求别人眼中的最好。自我存在感都存在别人的认同感中。低调奢华是三代以上豪门温文尔雅世家文化。新中国大多还在第一代暴富、第二代炫富的高调阶段。于是，不富的人也跟风，生怕别人当自己穷。穷是除了电视访谈节目煽情需要以外的场合禁止提及的话题。中国人老话说得清楚：笑贫不笑娼。

我认识的人大多过得比我好，有比我更多的钱，更大的房，至少看上去有圆满的家庭。做生意的人，更是天天聚会，夜夜笙歌。然后如果走进这些人的生活，无不是焦灼不安，每日活在烈火烹油上一般。过得这么苦，为什么微信、微博聚光灯下一样无比光鲜。首先要让别人羡慕，别人为了个人的利益才会接近，才会制造出更多成功机会。问他们为什么追求成功，他们说："为了积累财富做准备，再做得好一点儿就可以全身而退。今天苦一点儿，明天会更好。"

问题是明天永远不会来。每个人都活在今时，今日。只有当下的幸福，才是真实的幸福。

幸福是什么？

幸福只是一种感受。

百试不爽的幸福公式：个体对生活的预期 - 实际的生活现状 = 幸福感

幸福与个人是否成功没有固定关系。

老人与孩子

我的心里住着两个人。一个头上扎着小髻子不谙世事的孩童，一个历尽沧桑满头银发的老妇人。我的思想和生活方式永远是两种状态——童年和老年，没有青少年和成年。我的生活是游离在这个世界之外的。多数人不理解，少数人宽容。别人的不理解或者宽容都是别人的态度。我懂得，接受，却不大关心。

开始审视内心是因为这个周末恶补了三毛的书，看三毛的书是因为很多次自己的照片被人说像三毛。

听到过三毛，却不了解她。知道她有过一个男人叫荷西，知道她结束的方式是自杀，知道她不漂亮。我没有男人，也不打算自杀，和三毛的共同点是都不漂亮。嘴上硬气地说“不漂亮就不漂亮”，心里到底还是沮丧。但是沮丧又能怎样，还是一样的不够漂亮。最后决定还是看看她的才情。

现在读三毛，还是一样读不下去。文笔还算好，思想却幼稚得可笑。不过既然大家都说我气质像她，还是硬着头皮读，读几篇算几篇，读书总比不读书好。

三毛的书有浓重的浪漫情怀，思想又太浅，不符合我读书的口味。但是，不知不觉地，我却从书中读出了自己。这真是好笑，人最排斥的往往是最真实的自己。三毛很善良，思想很纯真，她一心为善，处处结缘，精神上又绝对不肯受半点约束。她自信她的善良，虽然也承认她的自私。因为出发点都是与人为善，所以与人来往时寸步不让，不懂半点变通。这样的人活在自己的世界里当然痛苦。我不知道三毛自杀的来龙去脉，也不敢断言，但是活得太清楚，就难免太苦。

我眼里的三毛是个任性的孩子，和我一样。三毛的书像照妖镜一样，照出了我身体里的孩童。

我也是孩子，大声笑，尽情跳。最爱动画片，可以一部动画看无数遍。也喜欢漫画，办公室的抽屉就有一本，头痛的时候翻几页。不管什么烦恼，立即全忘光，全情投入漫画世界。我没有过三毛似的周游列国的梦想，我的流浪行为来源于我说走就走的天性。决定了就能马上做得到事情，也不算什么梦想。

认识我的人随便就能说出几个我不通世故的段子。“傻人有傻福”是大家对我生活状态的概括总结。我对自己的不负责任出了名，像个孩子一样完全不考虑未来，总以为日子一大把，未来总会来。

还好，我身体里还有一位老人。对我说过的话，做过的事，对人的承诺都是负责的。这大概是我身体里住着的那位老人的功劳。老人溺爱着孩童，小心翼翼地照顾她。为了孩童能保持纯真的心，简单的生活，老人勉强地在她身边支撑起一把支离破碎的保护伞。孩童纵然终日淘气，都还是躲在伞下玩耍。尽管恣意尽情，也从来没有出过乱子。

那老人是我的思想，这孩童是我的本质。住在我身体里的两个有着剧烈反差的人相处融洽，结合成矛盾而统一的我。

儒家文化

回头看看自己发了好多针对儒家传统的牢骚。大略地读了一下也是满头是汗。颇感觉心虚，知道儒家文化是冒犯不得的。

我在儒家文化中长大，却基本没有受儒家文化约束。记得年轻时不懂事，曾经在什么人面前表达了对儒家文化的不屑一顾之情，被人家狠狠地教训了一顿。对方倒是一点儿没和我争辩，只一句，“这么博大精深的文化，你皮毛也不懂，也还敢来鄙视?”我顿时灰头土脸，一句也不敢答言。有文化人就是这样，潇洒得很。骂得你头破血流，自己两只手干干净净，不带走一片云彩。

儒家文化比较封闭固守，勉强可以因时代改变而改变一点点儿，却不喜因外来文化而改变。即使是新中国成立后批林批孔，也不过是那么几年的事情——当然中国并没有因为批林批孔而壮大，不过至少女人不必再犯神经病似的裹小脚了，谢天谢地。

如今中国有钱了，中国人自己要么还是谨慎地保持自卑心态，要么就是暴富以后着三不着四的不靠谱地得瑟。世界现在都很把中国当回事，要么是处处都想着拉关系赚中国人的钞票；要么怕得不得了，总觉得中国崛起就会做掉全世界。不管是怕是爱，都是对中国的重视。惧怕也是一种尊重。研究中国的学者越来越多。中国政府趁机在全世界开孔子学院，免费教中文，搞自己的文化输出。孔子学院开出来，里面的人物花样繁杂，闹出来不少笑话。但是这些都是小事情，林子大了什么鸟都有，和孔子学院或者中国政府无关。孔子学院的直接结果是全世界学习中文的越来越多。好像是我们上海的小资要会英文喝咖啡一样，会讲中文和会用筷子吃正宗中餐也是新一代西方社会的高级生活模式。

所以说来说去，我虽然不喜欢儒家文化，但是不否认儒家文化是中国文化的代表以及对中国文化推广的推动。而且不管喜欢不喜欢，我身上有的是儒家文化烙印。

而且虽然中文中餐都流行，西方社会不理解也没兴趣深入理解儒家文化。女人应该服从男人这些理论只有和伊斯兰教的人讲才有共鸣。所以也不必担心。

再说一句题外话

小时候最纳闷的事情就是为什么中国女人会裹脚，今天看来这么丧尽天良的野蛮行为居然得到全社会的支持。虽然尝试过无数次，没有一次细讲裹脚经历的文章我能从头到尾坚持读下来。可是过程如此残忍，形状如此可怕，令女人弱不禁风，不扶墙就无法行走的“三寸金莲”竟是最佳调情之物，令文人墨客竞相歌颂。病态的脚也成了女人婚嫁的终极标准，而健康的大脚就是对女人最大的侮辱。

从那个从来不做正经事情的李后主开始，女人为了后宫争宠，竞相效仿受皇帝喜爱的妃子。而宫廷外的男子也紧跟着皇帝的偏爱，凸显自己的入时与入世。

一千多年啊。中国人疯了一千多年吗?

现在我渐渐懂了。目前在韩国和中国风行的削尖脸和中国古代的裹小脚到底有什么本质区别，都是以男人病态审美标准把女人弱化到变态的地步。大小屏幕上都是一个工厂流水线出来的毫无个性的塑胶脸，还全国上下齐心赞好。被抓包之后，还都说整形不是为了别人，为了自己。说到底，还是为了别人喜欢自己。女人削脸要么是为了嫁入豪门，要么是为了闪耀荧屏。之前稍早削好了脸的女人要么嫁了，要么火了。小脸本身没有意义，小脸背后的利益才是动因——有皇帝的宠爱和世人的赞美。

最近看到的一篇文章。一个华裔，大约是事业比较成功的，用中文长篇解释为什么 Facebook CEO 开破车，娶了一个丑老婆。扎克伯格的太太是越南华裔，哈佛毕业的医生，活泼健康接地气。小夫妻相逢微时，般配和气，日子过得低调而滋润。这些情况都是公开的，文章作者都选择性没看到，口口声声不明白这么有钱的 CEO 怎么能放弃那么多美女明星不娶，要娶看起来像大妈的陈医生？那恨铁不成钢的架势，简直是一副要把人家的钱拿过来放自己账户，再给扎克伯格好好演示一下什么叫美女配豪门？

真的好想骂人。疯了一千多年了，还要继续疯下去吗？女人除了色之外，可不可以也当作人来看？

地球表哥

在公布开普勒452b星球之前，NASA狠狠地卖了一个关子。这也是，投入那么多的金钱和精力，终于有了像样的进展，也算是给投资人一个说法，继续要钱也有了依据。

关于这个452b星球的具体情况就不多说，是迄今为止与地球最为类似的一个星球。大部分人都已经知道，不知道的也可以在网上查到，这几天铺天盖地都是它的信息。

因为这个类地球的行星比地球体积大一倍，重力因此也大一倍，而且年龄也比地球长，所以可以算地球的表哥，这样叫也是以示亲近。

所有信息总结下来，地球表哥是一个银河系的行星，和自己的恒星保持着适当的距离，大小和地球接近，星球表面有可能有水和大气层。

而这些条件都直指一个可能，地球表哥上有存在生命的可能性。

仅仅一个生命“可能性”就够上自天文学家，下到平民百姓热血沸腾。浩瀚的宇宙中也许有一个类人类的存在，地球人也许会有一个新的住处？孤独已久的地球人群情激动。各种的假设之后有更多实际的可能。

各种可能的检测却只有一种检验方式，去452b星球看看。据说那星球离地球有1400光年，光跑1400年才能到。用光速或者超光速宇航器这个想法很容易就被搁置一边。先不说我们的科学技术离发明光速传输工具有多远。就算人类果真能等得到发明光速传输工具的那一天，这飞行器里面的人怎么保证坚持繁衍1400年？还要航线不偏离，动力有保证，里面的人类新人类同心协力飞表哥家探亲而不是闹政变分家。实在太多的不确定性。何况好容易飞过去了，还有1400年的熬头才能飞回来。退一万步来讲，历尽艰辛飞回地球交差，那时候的地球人类是不是还能坚持繁衍3000年而不被毁灭或者自毁都很难预料。这代沟有3000年，两个人类是不是同时进化都说不清楚，何况是顺利而友好交流？真的实现了这个目标，飞到

452b星球又回来的人类也只能当作是外星人或者太空人被抓起来试验加研究。

所以只能靠虫洞、黑洞、时间和空间的穿越这些更不靠谱的假设。我说不靠谱，大家未必服气。我不懂，未必就不存在。科学家现在没发明出来，未必是永远发明不出来。

好吧，所有的假设在被科学证明不可能之前都有可能。

绕了这么大的圈子，想说的根本还没提起。

且听下回分解。

华夏文化的传说中，人类是从盘古开天辟地，女娲造人开始。盘古好大的个子把地球清理干净，女娲再连泥带水地做出了第一批人。道教发展壮大，佛教又传入中原，中国的民间文化也是随行就市地兼容并进，九霄之上的神仙境界一分为二，一半划给玉皇大帝为首的道教神仙，一半划给如来为尊的各路佛祖。

希腊文化的历史较为悠长，因此他们的神仙系统也是比较复杂，与中国传统更为类似。基督教说法，上帝是一切之起源，又造了地球，又造了人。因为上帝被设置成万能，基督教中的神仙较少，生活在天堂的都是天使，地球上有上帝的儿子耶稣，而这些圣灵也只是上帝的传话筒，替上帝布道跑腿而已。

不管传统文化中的神仙到底有何能力，为何而生，有一点共性不能被忽略。所有的神仙的形象都是以人为蓝本，即使是中国民间传说中的动物或者非生物也都是以最后幻化成人形而通关大成。

基督教徒说，上帝最后以自己的形象塑造了人类，也许是人类以自己的形象塑造了上帝。

再近代些时候，人类发明了电视、电脑、网络、飞机、火箭。传说中的神仙的本事如腾云驾雾，九霄云外，千里眼，顺风耳，西方巫女的水晶球，人类都以人类的自身能力而实现。中国一向有天上一日，地下千年的说法。这个也因为相对论和万有引力的支持，虽然目前实现不了，总有一天可以。

既然自己也可以做得到，人类开始渐渐淡漠神灵。神话被科学所取代，神仙也被外星人所取代。

外星人的说法是近代的事情，之前不管天上来的是谁，都是神。现在的情况是不管天外来的是谁，都是外星人。而人类对外星人的感受从各种好莱坞电影中可见一斑。外星人到访的目的大都是侵占地球，奴役或者灭绝人类。友好一些的外星人也是以人类做试验，杂交一下或者改变基因什么的。如果不是不怀好意，谁要大老远地跑到地球来？

现在发现地球表哥的新闻一出来，全人类都沸腾。大家纷纷以乐观的心境叫嚷，地球环境差没有关系，即使毁灭也不怕了，我们终于可以星际大挪移了。大家都更关注地球表哥的环境是否宜居人类。至于那上面有没有生命，类似人类的生命，管不到了。是我们发现的新行星，就该由我们来占领。

自古以来，人类对外太空的想象，无论是神仙还是外星人，都是人类对自身能力近于理想的想象。对仙境的向往，对神仙的描述，对外星人侵占情景的假设，都是人类的内心对外的投射。

总而言之，我们一直以来所崇拜或者恐惧的神话与传奇都是我们人类自己。伴随着科技的发明，我们对外太空掌握得越来越多，对外太空探索的可能性也是越来越多。宇宙再浩瀚，也有一个尽头。但是人类无法到达这尽头，人类只不过是冲破一个茧，再冲到另外一个茧。因为人类无法突破自身，被自身所约束。

《星际旅行》里面，地球即将毁灭，美丽的女主因为爱把一箱一箱的冰冻受精卵带到一个宜居星球并且建立大本营。理论上这其中所有所需要的技术都可以在未来的某一天实现。如果这情景真的实现，这美丽的女主就是那星球的上帝。七天创世记也是顺理成章。所以上帝的可能性是存在的，只是以上帝的形式，其实是我们人类本身。

这宇宙只是我们想象中的宇宙，人类想象的外部投射。我是彻头彻尾的唯心主义者。

总觉得说得不够清楚，没有解释人是怎样的限制自己的思维和无法跳出现有的逻辑去理解世界。

想来想去，决定以蚂蚁来做例子解释。生活在中国农村我外婆家后院的一只蚂蚁是和城市这一概念无关的。也许它是一只超级有理想、有追求还有实践能力的爱因斯坦蚂蚁。而且恰好这一窝子都是爱因斯坦蚂蚁，而且所有的爱因斯坦蚂蚁竭力合作，终于发现了城市，这一巨大的存在。然后他们又发现了有无数城市存在的可能性，甚至有上海和纽约这样的超级大城市。不过这一窝爱因斯坦蚂蚁再有智慧，再具有前瞻精神，它们还是不可能理解城市的起源和运作，城市这一概念对于蚂蚁的个体和蚂蚁窝的群体来讲太过庞大与复杂。

但是我外婆家后院的蚂蚁还是有梦想的。它们觉得城市那么大，一定有和它们一样的存在或者适合它们的所在。它们经过千百年的观测之后，取得了最惊人的成果，纽约帝国大厦某一层上有一片露天花园绿地，土地结构和我外婆家后院洋雏菊下蚂蚁窝的土地结构有类似之处，它们也有一片洋雏菊。

外婆家后院洋雏菊下蚂蚁窝中的蚂蚁兴奋了。更热烈讨论着另一蚂蚁窝的存在和移民到帝国大厦某一层的可能性。但是以蚂蚁的交通速度来讲抵达帝国大厦约1400年，当然这是不计算虫洞、引力、穿越等各种可能。这些理论可能成立，但是怎么实践这可能却无蚁知晓。外婆家后院雏菊下的蚂蚁窝里面的蚂蚁失望了，只好每天默默地痴想帝国大厦和各种可能性。

终于有一天，在亿万分之一的可能性下，我到外婆家把后院雏菊下的蚂蚁挖出一半，带到美国，顺利通过海关检疫，通过坐汽车、火车、飞机、地铁、步行等各种神奇穿越方式，把半窝蚂蚁带到帝国大厦。接下来我又坐上一种叫电梯的另外一种对蚂蚁而言的能形容不能理解的神奇交通工具，到了帝国大厦的某一层，把这半窝的蚂蚁，埋在露天花园的雏菊下。这一半的蚂蚁也可能活下去，也可能因无法繁衍或者适应而死亡。但是它们还是永远无法理解城市是什么，城市里的建筑是什么，它们是怎么穿越来到纽约，帝国大厦里的雏菊和外婆家雏菊有什么区别？躲在这一切幕后的人类是怎样一个存在，人类的存在对于蚂蚁又有怎样的影响？这一辈的蚂蚁不会懂，下一辈的蚂蚁也不会懂，世世代代的蚂蚁都不会懂。

如果有人不同意把人类比作蚂蚁，那也许是对的。就复杂程度来讲，人类对于宇宙，实在比不得蚂蚁对于世界，我们最多也就是生活在地球上的细菌吧。

八千里路云和月

为什么要起一个这么怪的标题，和我要写的内容毫无关系？简单来说，是因为我不知道什么标题才合适我要写的内容。

最近看到一篇讲黑洞的科学报道，大体的意思是人要是不小心进入黑洞，人就是同时死了，又活着。黑洞外面看到的是这个人因重力撕扯而死去。如果愿意的话，还可以收集肉体残骸回去纪念。

与此相对的是，这个进入黑洞的人却感觉不到自己的死亡。对于他，他是走在一条漫长的路上。他注定走向死亡。在外界的眼里，他已经死去，只是在一瞬间。然而就是这时间上的一点固定的同时，空间上却是无限延伸。

很容易联想到自身。人类以及地球上的生物其实也一样，不过是空间的定格和时间的延伸。我们的出生注定了我们的死亡，多少自认人定胜天的人类顶尖强者试图改变这一命运，也无法改变。

佛教其实有类似理论，可惜我不能仔细解释。一不拜佛，二不读经，对拜佛和读经的人也无切实的亲近感。一群寻求现时繁华的现实人，即使对僧人和寺庙里接受香火、玉身涂金的佛像也并无崇拜感。只是给现实人提供现实安全感的情感寄托？

皮毛都不懂就乱下结论，实在不合适。好在南宗佛教讲究“顿悟”，硬联系起来，我也算有说得过去的理论基础。

繁华似过眼云烟，有了新的解释。朦朦胧胧中，一直在寻找的生命意义好像就在眼前。到底是什么，还是不太清楚。清楚不清楚好像也没那么重要了。

“我是谁”的问题还是没有答案。但是心里已经安稳了很多，渐渐明白问题本身没有重要。

菩提本无树

还是哪里看到的一个话题争论，论证现实的世界到底存在不存在，是怎样形式的一种存在？理论基础是各种量子测试。

作为唯心主义论者，我一向认为我感慨我在。世界是我们眼中的世界，是本来世界的一个观测版本而已。最简单的解释，我们看到和感受到的世界和一只苍蝇看到和感受到的世界肯定不同，如果把这只苍蝇关到一个箱子里，那么它对世界的理解就是那个箱子内部的一个版本而已。

至于这个世界，这个宇宙真实怎样，怎样形成？科学家完全束手无策，使尽浑身解数也不过只能解释一点、一面。

是真实，是幻象？你可以测、可以猜、可以证明，但是真相永不得知。

或年轻，或年老；或成功，或失败；或美丽，或平庸；或男，或女；或喜欢男，或喜欢女，有什么重要？人类不过是被关在地球上的一只只无头苍蝇。

我的科学理解能力极其差，但是也看得到，最尖端的西方科学最近证明出来的都是成型几千年前的佛教理论。

早知道，干吗费那么大力气发展科学？印度人早就都搞明白了。

唐僧不是说了嘛，走，咱们西天取经去！

孝　顺

这个词都很少见人正式提出来讨论过，政府号召除外。这话题完全没有当下的房产股票古董投资的话题火爆。

怎么办？写的就是中国社会老年人，当然不能不提及孝顺。何况房产、股票、古董我也完全不懂。

孝顺只有两个字，解释也是一加一等于二。孝的意思是物质上供给，顺的意思是听从。孟子还列举了不孝有三条，看得我莫名其妙。本来就不是儒家文化的拥护者，也许暗地里还有些抵触情绪。此处略过不谈。

中国父母不要求儿女“孝”，对儿女的物质孝敬要求比较少。大部分父母也就是要求一个形式。逢年过节大包大箱地往家里搬东西，图个热闹。再加上买些可以拿得出手的首饰、配饰。这样父母和邻居聊天的时候可以不经意地提起，垫垫底气就可以了。孩子买房、买车，孙子读书出国的时候，老人家都还是心甘情愿地从自己账户上提钱，这也是成就感的一种体现。

绝大部分中国父母对孩子的要求是“顺”，就是听话。听话有很多方面，学习、婚姻、家庭，样样都应该由父母决定，因为父母见得更多，懂得更多，知道什么是最好的选择。这是一个令我毛骨悚然的要求。自己是天下最不受约束的小孩，属于“若为自由故，两者皆可抛”型。也是多亏了我爸妈对我放任自流，我才可以与中国普遍价值观不相符合地活出自己。

大多数中国年轻人没有我幸运。现在这些年轻人也为人父母，领着自己的子女，为他们铺路，号称让孩子赢在起跑线。

我最疼爱的本家侄子在 QQ 上和我诉苦，伤心欲绝地说自己的种种不开心。家里安排的工作不称心，虽稳定但没有发展。爸爸妈妈还强烈阻止他约会比自己大五岁的女孩子，逼他立即分手。他以为我一定会坚持地站在他这一边，我这样一个愤世嫉俗的人，可以替他去和他父母理论，还给他恋爱的自由。

我听了他的抱怨，平静地回答："你要听话。他们要你分手，你就分手吧。"

"为什么？姑姑，你不能帮我，就没有人能帮我。我都要疯了。"

"你吃住在父母家，工作是父母找，结婚也要父母掏钱。附属在别人身上的人，没有资格讨价还价。"

"我不是没想过换工作。家里也说了，愿意出几十万的本金给我找个生意学习。但是还是没有找到合适的项目。不知道做什么才好。"

"等你完全离家独立，靠自己生活和工作，再来和我谈女朋友的事情。在这之前，都不要和我抱怨。"

侄子再没有和我聊天。我的激励也完全没有起到作用。因为小时候看他长大的关系，时时还是惦记。但是算了，各人有各命，儿孙自有儿孙福。我若坚持逼他独立，不是也成了他父母一类？

上海时候最好的朋友小远，独子，长孙。从小到大读最好的学校，做最好的学生。国外留学，为了父母而回国。工作也在父母家附近，是随便谁都要羡慕的好工作。却绝对不肯住在父母家，也不用做生意的父母资助买房，都是因为他是同志，虽然看起来他是令女孩子动心的标准夫婿。他平时都不敢回家，不敢面对父母和祖父母的指责。他不肯结婚，连约会也不肯，不能耽误了人家女孩的青春。偶尔带我回家，他们全家人差不多要把家里房产证、存折都拿出来，直接塞到我手里。我并不介意这种谎言，如果能够安慰老人家。小远却不忍心欺骗家人。他就这样煎熬着自己，与他同时煎熬的是他同样优秀的男友。那一个的情况更糟糕，回教族长的儿子。那一个如果不按时回去结婚会真的出人命。

两个人想过出国，假结婚，领养，代孕。总之每一天的日子都在"听话"和"谎言"夹缝中勉强呼吸。

我也曾经想过嫁给小远，多金，英俊，温文尔雅，事业有成。婚姻如此不靠谱的情况下，嫁给自己的朋友未必不是好主意。生病时会照顾我，出门时会牵着我的手，替我刷卡、做饭都心甘情愿，大概是最好的丈夫典范。家境又优厚，家人又喜欢我，生个一男半女，至少下半辈子生活无忧。

如果你觉得我有这想法夸张。天知道，中国有多少父母强迫自己同性恋的儿女结婚生子？基本统计说法是十个人里有一个同性恋。实际数字谁也不知道，足够多就是了。结婚生子，瞒了一辈子绝对不少。如果本人隐瞒，父母不知道也就罢了。很多父母明知道自己小孩是同性恋的也强迫他们婚嫁。结了婚就好，结了婚才能向亲友有交代。真的以后离婚没关系，现在离婚很多，社会来不及议论。总之，只要没人说三道四就行。

一口气说得太多，不过想说明“孝顺”这个词的可怕。

我又在胡说，读者不过当个笑话看看就好了。

封面设计

和叶子沟通封面设计。叶子要我把封面上的文字都发给她。编辑同意叶子帮我设计封面。毕竟是朋友的关系更了解我，而且穷不帮穷，谁帮咱？

“作者：乌晶”我写给她。

“唉，乌晶这个名字真是太不适合你了！”叶子回应。

“那怎么办？叫‘刘美丽’吗？”我一度都有刘美丽这个外号，源于不靠谱的明显性格特征。

“是啊，‘刘美丽’才是真的你。”

“真的吗？那我的笔名就改成‘刘美丽’了。”我其实真的有认真考虑过用外号做书名，毕竟外号是一个人个性的真正体现。

“当然不行了。”叶子在电话那一边大笑。

后来没有叫“刘美丽”也没有叫“乌晶”，就叫老刘。在上海的时候同事都这么叫我，不管年纪比我大还是小。

还是“老刘”好，实在些，又贴近真我。叶子当然还是叫叶子，因为那是她的真姓名，爸妈给的。

德国人有多愿意回答问题

背景：旅行的路上，无聊的时候我会问娜嘉无聊的问题。娜嘉一般不理会我，是我的朋友都懂得为什么，我当然也不介意。

一天，我们在一个超小的乡下坐火车，坐在那里等。火车只有一条轨道线。

我问娜嘉："为什么只有一条轨道，那火车怎么掉头？"

娜嘉说不知道。坐娜嘉旁边的鬈发男孩子开始解释火车怎么两头开，到哪一站开始掉头。他临上车前又详细解释怎么坐车，免得我们走丢。

娜嘉基本全程无反应。我只是感谢，不好意思讲娜嘉就住在德国，每天坐车。

又一天，在地铁上。外面跑了一整天，超级累，上来以后，地铁却只是一直不开。

我小声抱怨："这火车决定停在这里了。"

坐在我对面的娜嘉又没理我。

"你确定？"坐在她旁边的男孩子大笑。大夏天，他脖子上挂着什么运动队的围巾。大概哪里刚看了比赛。"是司机决定要停车，不是火车决定。"他教育我。

我脸都红了。这么傻的话被人听了去。只是开玩笑好吗？

"是火车。"我还是坚持。一不做，二不休，"火车有自己的想法。"

事后，娜嘉还安慰我，说我只是"silly"不是"stupid"。

再一天，下午等汽车。汽车迟到，超级热，大家都迷迷糊糊的，发呆的发呆，瞌睡的瞌睡。

"看，脏乱差公车。"一辆大公车上有一个超级大 logo"Gross"。这次我声音大一点儿，实在很无聊，很高兴给自己找到乐子。（gross 是令人恶心的意思）

娜嘉直接走开去查看我们需要坐的公车，做点儿正经事情。

坐在我旁边的男人转过脸看我，满脸笑意，我还以为他要借东西。“是很好笑的。”他忽然说，“不过‘gross’在德语中是大的意思。”

得，每天学点新知识。

娜嘉说我有这个能量，不管是站着还是坐着，只要自己一个人不走动，总有人过来和我说话。（她每次要我在哪里等她，回来就看见什么人在那里和我聊天。）

娜嘉问我原因是什么？

“不知道。”我摇摇头说，“可能我长了一张无害的脸，眼睛里都是无知和迷茫，满脸写着我需要帮助。”想想我又乱解释。

在法兰克福

对这个城市完全不知道，之前也没听人提过什么。只知道机场很大，井井有条，印象不错。想着，要不去看看？就订了早车，行李寄存，然后进城。

这次来欧洲，人长进了不少，很会自己折腾，也没有大纰漏。也许是和目前的工作压力有关，习惯了快速判断。

但是，下了火车还没出火车站就有点儿找不到北。走着走着发现身边的人都不见了，前面有帘子挡着，不知道为什么。空气中弥漫着小便气味，新鲜的。

我就站住了。正犹豫着，一年轻漂亮的亚洲女孩从身边冲过，直接走到帘子里面。那我能怎样，肯定是跟啊。想着她看起来那么决绝，一定认识路。（后来我就自责，那年轻漂亮的亚洲女孩子还能靠得住吗？自古美貌和智慧不能兼得，看我自己就知道啦?！ lol）

于是，我就跟过去了。帘子后面有三人，两男一女。人都躺在楼梯上，楼梯上其余的地方散落着他们的东西，全部摊开，一男人在认真翻翻拣拣，找什么东西。

这次我是真的站住了。凭经验几乎可以肯定这三个人是无家可归，或者有家不肯归的流浪者。德国很少见过流落街头的，或者乞讨的。有，也是穿得干干净净一个一个地翻垃圾箱。除非是醉在外面回不去家。

先前那亚洲女孩倒还是不管不顾一直冲下楼梯，避开楼梯上的人和物。

“这边关闭了。”楼梯上那女人用英语说，阻止那女孩下楼，她声音虚弱。

我这才有空看那女人。瘦弱的中年女人，长发，左手臂上布满的针眼触目惊心，浸出的血也是新鲜的。

我掉转头。那亚洲女孩子说了声谢谢，也走回来。她左看看，右看看，又跑掉了。这次我没跟她。

出了火车站后看到附近很多流浪者在游荡，有些像酒鬼，有些像吸毒者。他们三五成群，互相说话，并不扰民或者令我感到威胁。再走不远，看见一个女警察在和一个年轻女人做笔录。那年轻女人比画来比画去，不知道是被抢了或者被偷了。

我在城里吃了饭，喝了啤酒，总算来了一趟。这城里一样有漂亮的历史建筑，经济繁荣。和人打交道，人还是都很好。但是我一直小心，不想上飞机前出事故。剩下的时间里难得的只进商店，不看野眼。手机也基本都没拿出来过。后来又想着退税的队伍可能太长，怕来不及，便早早回到机场。

一直惦记那女人，记忆里是那布满针眼的手臂和迷茫的眼神。其实自认我和她都差不多，并不觉得她就可怜，我就高尚。她吸毒，我旅行，都是给自己找个乐子和内心安宁。也许也都还有些许小希望，希望能感受到一定程度的幸福。

人都只有一次生命，怎么选择都是一辈子。总觉得没谁能定论好坏，才算是众生平等。法律又是另外一回事。

可是，她对自己生命方式的选择，真的是她的选择吗？